대단한 건, 말이었다

김호준 소설집

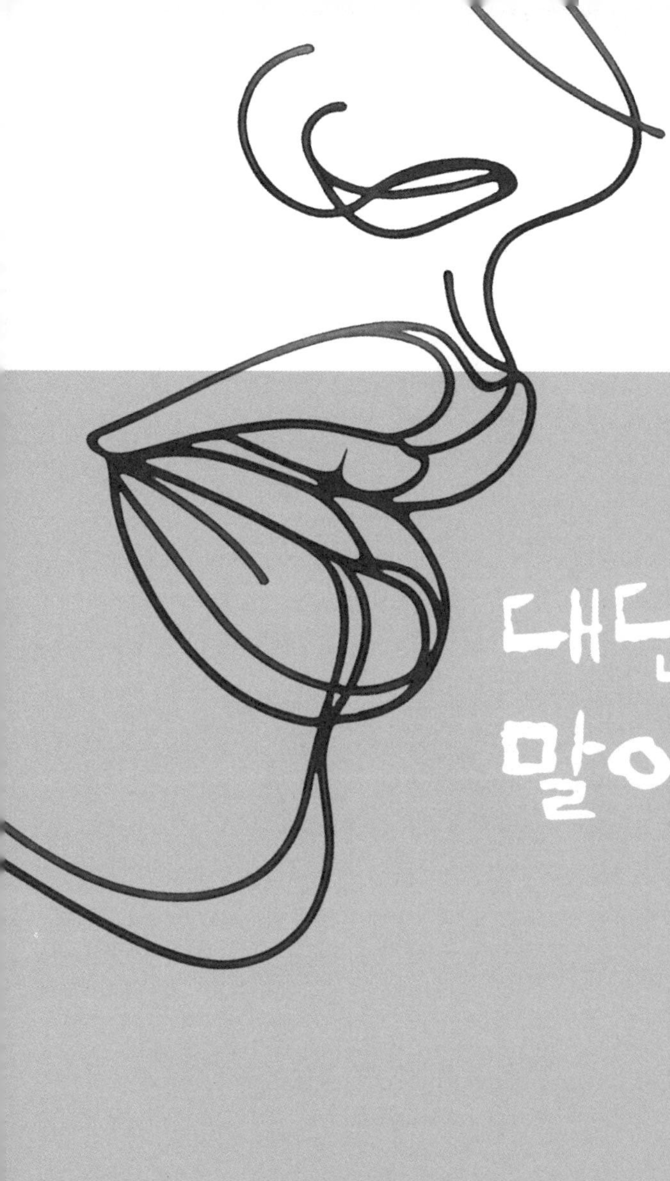

대단한 건, 말이었다

김 호 준 소 설 집

차례

차가운 방　　9

대단한 건, 말이었다　　35

나만의 축제　　67

병아리　　97

뿌리 없이 자라는 나무　　127

슬픈 가마우지　　157

화살이 사라진 자리에서　　183

발문 | 참교육을 외치는 순정마초의 노래 | 이평재(소설가)　　209

작가의말　　223

차가운 방

 눈을 뜨자 포식을 끝낸 암사자들이 쓰러져 있는 암사자 주변에 모여 서성거리고 있었다. 그러곤 어디론가 향해 하나둘 떠나가기 시작했다. 해가 서쪽으로 기운 초원 위에는 상처 입은 암사자 한 마리만 남아 있었다. 그 주변으로 하이에나가 어슬렁거리며 모여들었다.

나는 삼 년 전 가족을 떠나왔다. 그 뒤로 내내 홀로 지냈기에 명절이 되어도 찾아갈 곳이 없었다. 나를 찾아올 사람도 없었다. 한때는 아들과 딸, 그리고 아내가 있었지만 지금 내 곁에는 아무도 없었다. 그랬기에 나는 가족이 생각나는 날엔 잠을 이루지 못했다. 밤새 뒤척이다가 사마귀 앞발을 단 듯한 바퀴벌레가 요란한 소리를 내며 나를 향해 날아오는 환각에 시달렸다. 내가 정상이 아니라는 것을 알면서도 바퀴벌레가 내 몸속으로 파고들 것 같은 공포에 몸서리를 쳤다. 식은땀을 흘리며 밤을 지새웠다. 애써 가족을 떠올리지 않으려고 노력했지만, 나에게 있어 그것만큼은 쉬운 일이 아니었다.

역시 내일이 설날이기 때문인지 더 심하게 가족이 생각났다. 우울했다. 하루 종일 멍하니 있다가 고개를 내흔들며 리모컨을 찾아 들었다. 베개를 옆구리에 끼고 모로 누워 텔레비전의 채널을 골랐다. 설날 천하장사 씨름대회, 설날 특집 전국노래자랑, 한국 명문가의 설날 음식, 명사들이 전하는 가족 이야기 등등이 화면에 나타났다 사라졌다. 그런 프로그램을 보면 마음이 더 비참해질 것 같았다. 서둘러 채널을 돌렸다. 해가 기우는 초원에 암사자 다섯 마리가 배를 땅에 깔고 몸을 잔뜩 낮춘 장면에서 채널을 고정했다. 암사자들이 무언가를 노리는 거 같았다.

사자들 앞에 무리에서 떨어진 물소가 있었다. 물소 몸무게가 팔백 킬로그램 넘는다는 자막이 화면 하단에서 흘러갔다. 화면으로 봐도 물소가 암사자보다 훨씬 커 보였다. 암사자 한 마리가 물소를 향해 달리기 시작하자 네 마리의 암사자가 따라 움직였다. 물소는 도망쳤다. 그러다가 머리를 낮추고 뿔을 들이밀며 암사자 무리를 향해 달려들었다. 암사자들은 몸을 돌려 가면서 물소의 뿔을 가까스로 피했다. 그러나 어느 순간 한 마리의 암사자가 물소 뿔에 걸려 공중으로 높이 솟구쳤다가 바닥으로 떨어졌다. 물소는 그 암사자의 다리를 밟고 지나쳐 다른 암사자들을 향해 달려들었다. 그때 몸놀림이 빠른 암사자가 물소 엉덩이에 발톱을 꽂으며 매달렸다. 물소의 뿔도, 뒷발도 닿지 않는 곳이었다. 물소는 암사자를 쉽게 털어내지 못했다. 그 순간을 놓치지 않고 또 다른 암사자가 날렵하게 물소의 등으로 올라타 목덜미를 물고 늘어졌다. 또 한 마리가 물소 배를 물고 매달렸다. 온 힘을 다해 버티던 물소는 한동안 길게 울었다. 결국 무릎을 꺾으며 주저앉았다. 곧이어 물소는 뱃가죽이 찢겨 나갔고, 암사자들은 그곳에 머리를 묻고 내장과 살점을 뜯어 먹기 시작했다.

그리고 그 옆에는 뿔에 받힌 암사자가 덜렁거리는 뒷다리를 끌며 몸을 일으켰다가 넘어지기를 반복하고 있었다. 나는 눈을 질끈 감고 어서 다음 장면으로 넘어가기를 바랐다. 눈을 뜨자 포식을 끝낸 암사자들이 쓰러져 있는 암사자 주변에 모여 서성거리고 있었다. 그러곤 어디론가 향해 하나둘 떠나가기 시작했다. 해가 서쪽으로 기운 초원 위에는 상처 입은 암사자 한 마리만 남아 있었다. 그 주변으로 하이에나가 어슬렁거리며 모여들었다. 다친 암사자가 겨우 머리만 들고서 하이에나를 향해 크아악거리는 것을 보며 나는 다시 눈을 꾹 감았다.

어둠이 내린 초원에는 하이에나 울음소리만 크게 울려 퍼지고 있었다.

나는 텔레비전에 나온 암사자처럼 다리 한쪽을 쓸 수 없었다. 정확히 말하자면 왼쪽 무릎 아랫부분이 없었다. 오른쪽 다리마저 발목이 바깥쪽으로 심하게 틀어져서 제대로 걸을 수도 없었다. 외출할 때는 전동 휠체어를 타고 다녔다. 쪽방에서는 네발로 기어다녔다. 방이 넓지 않아 오히려 다행이었다. 어쨌든 한동안 눈을 감고 있던 나는 텔레비전을 꺼버렸다. 그러곤 문 반대쪽을 향해 돌아누웠다. 물끄러미 벽에 걸린 거울을 올려다보다가 그 앞으로 기어갔다. 무릎 위만 남은 왼쪽 허벅지를 오른쪽 허벅지에 힘주어 붙이고 거울 옆 벽에 손을 짚었다. 끙, 하며 일어섰다.

얼굴이 보였다. 머리카락이 수도승처럼 짧았다. 몸이 불편해 머리를 자주 감을 수 없어 밀어버린 탓이었다. 이마 가운데부터 눈썹 사이를 지나 콧등까지 난 깊은 흉터도 보였다. 흉터 옆 두 눈에는 눈곱이 진득하게 달라붙어 있었다. 살이 빠져 볼이 더 홀쭉해진 느낌이었다. 나는 입을 크게 벌려 보았다. 거울에 입김이 서리면서 얼굴이 사라졌다. 손바닥으로 거울을 문지르자 다시 입을 벌린 내가 보였다. 윗잇몸에 닳아버린 앞니 하나가 박혀 있었다, 오른쪽 아랫잇몸에는 어금니 세 개가 뿌리를 드러낸 채 박혀 있었다.

나는 고개를 내저으며 라운드 셔츠를 벗었다. 갈빗대가 선명한 몸통이 거울 앞에 드러났다. 가슴 부근에도 흉터가 여러 개 보였다. 눈길을 아래로 보냈다. 틀어진 오른발 발목이 보였다. 왼쪽 무릎 아래는 운동복 바짓가랑이가 흔들리고 있었다. 거울 옆 벽을 짚고 오른쪽 다리로 몸을 떠받치면서 운동복 바지를 내렸다. 트렁크형 사각팬티가 나왔다. 그것마저 벗어버렸다. 쪼그라진 대추 같은 성기가 보였다. 다리가 후들거렸다. 벽을 짚은 손에 힘을 주고 오른발에 힘을 주었다. 몸을 왼쪽으로 틀고 거울을 봤다. 왼쪽 골반 바로 아래부터 무릎 위까지 팔뚝만큼 긴 수술 자국이 보였다. 왼쪽 허벅지는 얇은 살가죽이 뼈를 감싸고 있었다. 나는 다시금 고개를 내저으며 거울을 통해 내 등 뒤쪽을 쳐다보았다. 순두부 봉지, 빈 막걸리 통, 날짜 지난 일간지, 누더기 같은 옷가지, 그리고 장 세척제인 코린트산이 방바닥 여기저기에 널려 있었다. 모든 것이 비참하게 느껴져 또다시 두 눈을 꼭 감았다.

그때, 누군가 쪽방 문을 두드리는 소리가 들렸다. "강 씨, 안에 있어?" 하면서 다시 문을 두드렸다. 쪽방 촌에서 슈퍼를 하는 박 여사였다. 방문은 반이 유리창이고, 반은 갈색 알루미늄으로 되어 있어 건드리면 찰찰거리는 소리가 났다. 아무라도 발로 툭 치면 부서질 정도로 낡고 위태로운 문이었다. 바깥으로부터 나를 지켜 주는 건 그 문뿐이었다.

찰찰, 알루미늄 문을 두드리는 소리가 계속 이어졌다. 나는 재빨리 차가운 방바닥으로 앉았다. 오른발부터 사각팬티에 밀어 넣었다. 허벅지까지 팬티를 끌어 올릴 즈음에 박 여사가 방문을 열었다. 나는 몸을 움츠려 성기를 겨우 가렸다. 박 여사는 짐짓 못 본 척하며 "살아 있었네?" 하고 손에 든 검정 봉지를 내려놓은 뒤 얼른 문을 닫았다. 그 안에는 내 양식인 일주일 치 순두부와 막걸리가 들어 있을 거였다.

집을 나온 뒤 점점 더 몸 상태가 나빠졌다. 입맛까지 잃어갔다. 밥을 먹지 않는 날이 이어졌다. 언제부터인지 잠에서 깨고 나면 이빨이 하나씩 빠져 있었다. 어쩌다 입맛이 돌아와도 밥하고 반찬을 씹을 수 없었다. 씹지 않고도 소화를 시킬 수 있는 음식으로는 순두부로 끼니를 때웠다. 국그릇에 순두부 봉지를 찢어 부은 다음 간장 한 숟가락 끼얹어 입으로 밀어 넣고 우물거리며 허기를 달랬다. 국은 막걸리로 대신했다.

처음엔 휠체어를 타고 슈퍼로 가서 순두부와 막걸리를 사 왔었다. 그것도 힘에 겨워 거르는 날이 잦았다. 박 여사는 내 처지가 안타까웠는지 내가 나가지 않으면 한 번씩 순두부와 막걸리를 가져다주곤 했다. 박 여사가 머무는 시간은 얼마 되지 않았지만, 그녀가 쪽방에 발을 들여놓기만 해도 나는 마음이 푸근해졌다. 그렇다고 그녀한테 다른 마음이 있는 건 아니었다. 나는 이혼한 늙은 외발이었다. 정부에서 나오는 돈으로 순두부를 먹으며 목숨을 이어가는 처지였다. 박 여사조차도 그 돈마저 없다면 쪽방으로 찾아와 순두부와 막걸리를 놓고 갈 리 없다는 것쯤은 나도 잘 알고 있었다.

옷을 껴입어도 차가운 방바닥에서 몸으로 찬 기운이 올라왔다. 이 없는 잇몸끼리 부딪치면서 몸이 떨렸다. 이제는 순두부조차 먹을 수 없었다. 이렇게 된 지 꽤 여러 날이었다. 한 달 전쯤, 나는 전동 휠체어를 타고 공동 화장실까지 찾아가 네발로 기다시피 변기 위에 앉았다. 속에 가득 찬 변은 금방이라도 쏟아질 거 같았지만 쉽게 나오지 않았다. 아랫배에 힘을 주어도 뜻대로 되지 않았다. 별수 없어 의사를 찾아갔다. 의사는 내 말을 듣더니 독한 놈이 대장 근처에 자리를 잡았을 거라면서 대장 내시경 검사가 필요하다고 했다. 그러곤 코린트산 사리터 정도를 마시고 장을 씻은 뒤 다시 오라고 했다. 나는 간호사가 내준 코린트산을 쪽방 차가운 방바닥에 내버려 두었다.

나는 방바닥에 놓여 있는 코린트산과 박 여사가 놓고 간 봉지를 물끄러미 쳐다보면서 거울 속에 비췄던 내 모습을 떠올렸다. 더욱 비참했다. 상처 입고 남겨진 사자의 마지막 순간이 어땠는지 상상되었다. 왠지 사자의 삶이 억울하게 느껴졌고, 나의 삶 역시 억울하다는 생각에 울분이 솟았다.

나는 덤프트럭 기사였다. 덤프트럭 기사는 나의 운명 같았다. 내가 군 생활을 하던 시절에는 운전면허증이 있는 병사가 드물었다. 6주 신병 훈련을 받은 뒤 훈련병 가운데서 운전병을 차출했다. 그래서 운전대 한 번 잡은 적 없었던 내가 운전을 배우게 됐다. 훈련소에서 퇴소한 뒤 야전 수송 교육대로 가서 후반기 교육을 받고 군용 트럭 운전병이 되었다.

그리고 나는 깨달았다. 나에게 운전하는 일처럼 행복한 일이 없다는 사실을. 첫 운전 교육 장면은 지금 생각해도 영화 속 한 장면 안으로 내가 들어간 느낌이었다. 그날은 비가 내렸다. 나는 선임병이 모는 트럭 조수석에 올랐다. 선임병은 열쇠를 꽂고 시동을 걸었다. 트럭은 크르릉 소리를 내면서 무거운 몸을 흔들었다. 선임병이 모는 트럭이 부대 앞 도로로 나갔을 때 주위엔 어둠이 내리기 시작했다. 그때 벚꽃이 무수히 휘날렸는데 꽃잎은 눈송이처럼 보였고, 도로로 내려앉은 꽃잎들은 눈이 쌓인 것처럼 보였다. 트럭에 앉아 마주 오는 승용차 지붕 위로 휘날리는 꽃잎을 보며 하늘을 나는 듯한 감격에 휩싸였다. 비포장도로로 접어들었을 때는 안개가 더 짙어졌고 도로엔 차도 다니지 않았다. 내가 탄 트럭만 있었다. 그때는 안개 낀 바다를 건너 환상의 세계로 들어가는 기분이었다. 그랬기에 운전이 익숙해진 뒤에는 정비 기술도 알면 좋을 거 같았다. 스스로 정비병을 찾아가 정비 기술까지 배웠다. 그런 노력으로 십만 킬로미터를 사고 없이 운행한 뒤 사단장 표창까지 받으며 전역했다. 학창 시절 개근상을 받은 게 전부였던 내게 가장 큰 상이었다.

전역한 뒤 일을 찾기 전 나를 돌아봐야 했다. 고등학교 졸업할 때까지 학교생활을 떠올렸다. 머리가 영리한 편은 아니었다. 머리를 써서 일할 처지가 못 됐다. 그렇다고 영업하기엔 말주변이 부족했다. 운전 외에 다른 기술은 없었다. 버스 운전을 하면 어떨까 생각해 보았다. 그러나 정류장마다 정차해서 승객들을 태우고 인사하고, 말 걸고, 돈 계산까지 하는 건 맞지 않을 거 같았다. 결국 군 경력까지 인정해 주는 덤프 회사에 취직했다. 그렇게 기사 생활을 삼십 년 넘게 했다.

그런데 모든 것이 한순간에 무너져 내렸다. 사고는 지나가는 바람처럼 훅 다가왔다. 아무것도 아닌 것처럼 그렇게 다가오고 그게 끝이었다. 그 뒤 내 삶은 정신없이 내리막이었다. 벚나무 가지가 늘어지도록 꽃을 피우던 계절에 나는 용인 근처에서 한 달째 머물렀다. 터널 뚫는 현장에서 나온 흙을 평택 근처까지 실어 나르는 일을 했다. 그러면서 트럭 할부금을 완납했다. 다른 기사들은 그 사실을 알고 술 한 잔 내라고 성화였다. 나는 "그래야지." 하면서 그들을 데리고 공사 현장 근처로 벚꽃놀이를 가자고 했다. 우리가 간 곳은 일제 강점기에 만든 신작로였는데, 공원으로 바뀐 곳이었다. 길에 백 년은 더 된 듯한 벚나무가 이 킬로미터 정도 줄지어 있었다. 일을 마친 우리는 벚꽃 구경은 잠시 미루고 배 속부터 채우기로 했다. 자연스레 벚나무 아래 펼쳐진 노천주점 거리로 향했다. 다들 허기져 돼지고기구이, 더덕구이, 통닭 장작구이, 해물파전이 등이 익어가는 냄새에 침을 흘릴 정도였다.

나는 동료들을 데리고 숯불 돼지고기 주점으로 들어갔다. 손이 두툼한 남자 주인이 돼지고기를 가득 든 접시를 우리가 앉은 탁자 위에 올렸다. 우리는 구운 돼지고기를 입으로 가져

가기 바빴다. 그 옆의 각설이 공연장에서 가수가 트로트 노래를 부르고 있었는데, 그 노랫소리가 들리지 않을 정도로 음식을 먹어 치웠다. 배가 어느 정도 찼을 때야 노랫소리가 들려 술이 오가는 횟수가 잦아졌고, 술판이 무르익어 갔다. 밤하늘로 날아오르는 꽃잎도 분위기를 더해 주었다. 더러 막걸릿잔으로 내려앉는 꽃잎도 있었다. 꽃잎들은 막걸리 위를 떠다니다 막걸리를 마시면 입술에 달라붙었다. 손을 입술로 가져가 쓱 훑어 내면 손바닥에 꽃잎이 달라붙었다.

어느 술자리나 술이 어느 정도 돌면 자기 자랑을 하거나 남 흉을 보기 마련이었다. 그날도 그랬다. 처음에는 현장소장 욕부터 시작했다. 그러다 자연스럽게 자식 자랑으로 이어졌다. 나 역시 그랬다. 덤프트럭 운전대를 잡았지만, 아들딸은 대학을 나와 반듯하게 자리를 잡았다고 자랑스럽게 떠들어 댔다. 그날 술값은 내 주머니에서 나오는 것을 알고 있는 동료들은 내 이야기에 맞장구치며 크게 웃어 주었다.

동료들의 반응에 신이 난 나는 아들이 학교 다닐 적에 공부를 잘했다는 이야기까지, 그것도 아내가 뒷바라지를 잘한 결과라며 열을 내어 더 떠들어댔다. 그날 어떤 심정으로 그렇게까지 했는지는 지금도 모르겠다. 사실 그때 나는 아내나 아들

그리고 딸이 어떻게 사는지 잘 모르고 있었다. 그도 그럴 것이 나는 한 달에 한 번 정도 집에 갔다. 덤프트럭 기사 일이란 게 그랬다. 공사 현장을 따라 떠돌다 보면 집에 들르는 일이 마음대로 되지 않았다. 아들 딸이 어릴 적부터 그렇게 살았으니, 만나면 어색할 때가 더 많았다. 아들과 딸이 고등학교에 다닐 적에는 주말에 집에 가도 얼굴 한 번 제대로 볼 수 없었다. 아들과 딸은 학원에 갔다가 밤늦게 집으로 돌아왔다. 대부분 안방 밖에서 "다녀왔어요." 하고 인사하고 자기들 방으로 가버렸다. 게다가 아들은 성인이 되어 취업하자 직장 근처로 원룸을 구해 나가버렸다. 그런 뒤로는 얼굴 본 적이 거의 없었다. 그래도 나는 아들과 딸이 나이 들면서 나를 이해해 줄 거라고 믿었다. 어쨌든 나는 가족을 먹여 살리고 있었으니.

동료들한테 아들 자랑을 한 나는 이참에 전화나 한번 해야겠다 싶었다. 술기운에도 아들의 데면데면 대하는 얼굴이 떠올랐다. 그러나 술기운이 그런 감정을 이기게 했다. 신호음이 울리고 아들이 전화를 받았다. "어쩐 일이세요?" 아들이 뱉은 첫 마디였다. 전화기에서 나오는 아들의 목소리는 컸던 모양이었다. 동료들도 아들의 퉁명한 목소리를 들은 듯했다. 나는 다시 목소리를 높이면서 "오늘, 애비가, 덤프트럭 진짜 차주가 된 날이야!"하고 말했다. "그래서요?"하고 아들이 대답했다. 나는 더 이상 아들과 통화를 할 자신이 없었다. 그렇다고 동료들 앞에서 애비 전화를 그렇게 받는 녀석이 어디 있어, 하고 큰소리 칠 형편도 아니었다. 덤프트럭 할부금을 완납한 아버지의 기분을 아들이 함께 느껴주지 않는 사실만 확인했다. 전화기를 잡은 손이 떨렸다. 아들은 "저, 지금 운전 중이거든요." 하면서 전화를 끊었다. 분위기가 뻘쭘했다.

다음날에도 운전대를 잡아야 했다. 작업 전에 소장은 현장 근로자나 기사들까지 모아 놓고 조회했다. 나는, 어제 아들 통화를 들었던 동료들이 나를 두고 수군대는 것 같아 조회 시간 내내 불편했다. "어쩐 일이세요?" "그래서요." 하는 아들의 말이 귓가를 맴돌았다. 소장은 조회 때마다 안전점검을 강조했다. 조회하는 동안 근로자들의 얼굴을 살피기도 했다. "매립지 근처 바닷가 가는 길은 곡선 구간이라 조심해서 운전해야……" 하는 소장의 말은 기사들이 다 외울 정도였다. 조회가 끝난 뒤 소장이 나에게 와서 어디 불편한 데 없느냐고 물었다. 나는 어색하게 웃으며 고개를 끄덕였다. 그러면서 또다시 어제 아들한테 전화하지 말았어야 했다는 후회를 했다. 술자리를 함께한 동료들은 한 번이라도 더 운행해야 돈이 된다며 덤프 탑으로 올라가 운전대를 잡고 현장으로 내달렸다. 나는 동료들이 일으킨 흙먼지가 다 가라앉고 나서야 운전대를 잡았다. 굴삭기가 흙을 내 차에 퍼 주자 나도 동료들처럼 흙먼지를 일으키며 딸려 나갔다.

나는 지금도 왜 사고가 났는지 도통 알 수 없었다. 입원하고 있을 때 보험회사 직원이 목격자들의 말을 전해주었다. 내 덤프가 고속도로를 달리는데 진입로에서 승용차 운전자가 내 차를 보지 못하고 들어왔고, 나는 급하게 운전대를 꺾었고, 덤프트럭은 가드레일을 타고 올라 전복되면서 옆에 오던 승용차까지 덮쳤다고. 보험사 직원은 사고를 일으키게 한 운전자는 대포차를 몰고 있어 신원을 알 수 없다고 덧붙였다.

사흘 정도 혼수상태에 있었다. 정신이 돌아왔을 때 수혈팩에 달린 주삿바늘이 팔뚝에 꽂혀 있는 게 보였다. 다른 팔뚝에는 링거에 달린 주삿바늘이 꽂혀 있었다. 아랫배부터 요도까지 뻐근해 간호사한테 왜 그러냐고 물었다. 간호사는 요도에 관을 삽입해서 소변을 받고 있다고 했다. 이마 근처도 묵직한 것 같아 묻자, 유리 파편에 찢어져 봉합수술을 받았다고 했다.

나는 다시 잠이 들었다. 양쪽 다리에 통증이 몰려와 잠이 깼다. 그때 비명을 지르고 욕을 했던 것 같았다. 왜 내 다리가 아프냐고 외쳤을 때 흰 가운을 입고 들어온 아내가 내 왼쪽 무릎 아래에 분쇄골절이 일어나 절단할 수 밖에 없었다고 담담하게 말했다. 아내의 담담함에 더 화가 났다. 아내는 내 고통을 알려고도 하지 않았다. 고통스러워 비명을 지르는 내 얼굴을 보다가 고개를 돌려 다른 환자를 살피기도 했다. 한 번씩 간호사를 불러 나에게 무통 주사를 달아주면 어떻겠느냐고 물었다. 결국 무통 주사를 맞고 내가 잠잠해지자 아들과 딸이 내가 혼수상태에 있을 때 와서 두 시간 정도 머물다 돌아갔다고 했다. 그러면서 오른쪽 다리도 오른발과 발목이 이어지는 지점이 복합 골절되어 수술했으나, 나아도 뼈가 온전하게 붙지 않아 틀어져 버릴 거라는 의사의 말을 전해 주었다.

　나는 병원에서 육 개월 정도 치료를 받은 뒤 덤프트럭 대신 휠체어를 타고 집으로 돌아왔다. 방은 네 개였다. 아내는 내가 가끔 들러서 자고 간 안방에서 생활했다. 현관 입구 방은 아들 방이었는데 아직 물건이 남아 있었다. 딸은 안방 맞은편 방을 쓰고 있었다. 나는 주방 옆에 있는 덤프트럭 탑만 한 방으로 들어갔다. 그 뒤로 우리 가족은 더욱더 서먹하게 지냈다. 가족들이 나를 어색해했는지, 내가 가족들을 어색해했는지 알 수 없었다. 아내가 집으로 돌아온 나에게 해 준 것이 하나는 있었다. 내 머리맡에 17인치 텔레비전을 들여놓았다. 그러곤 아침에 나갔다가 자정이 돼야 집으로 돌아왔다. 나 대신 돈을 벌어야 하기에 돼지국밥집을 차렸다. 어쨌든 나는 아내가 사준 텔레비전을 온종일 보면서 시간을 보냈다. 아내는 그렇게 텔레비전을 안겨놓고 가게로 나가면 자기 일이 끝나는 거로 여겼다. 아내가 있고 아들과 딸이 찾아오는 밤은 그럭저럭 견딜 만했다.

홀로 집에 남겨진 나는 온갖 환영과 환청에 시달렸다. 텔레비전은 시달림을 막아주지 못했다. 나는 술을 마시기 시작했다. 전동 휠체어를 타고 나가 소주를 사 왔다. 처음에는 오전에 한 병, 오후에 한 병 나누어 마셨다. 속은 쓰렸지만, 마음이 쓰리지 않아 술을 찾지 않을 수 없었다. 술값이 없을 때는 아내 지갑에 손을 댔다. 나중에는 오전에 세 병, 오후에 세 병까지 마시는 날도 잦았다. 낮에만 그런 것이 아니었다. 아내가 올 때도 그러고 있었다.

어느 날, 아내가 딸이 결혼한다는 말을 불쑥 꺼냈다. 나는 상견례는 언제 하는데? 하면서 아내를 쳐다보았다. 아내는 벌써 끝냈다고 통보하듯 말했다. 나는 방바닥에 있던 소주병을 집어 벽에다 던졌다. 아내는 문을 꽝 닫고 나가버렸다. 아내가 나간 뒤 나는 다시 소주병을 문에다 던졌다. 잠시 뒤 문이 획 열리고 딸이 들어왔다. "아버지, 지금 뭐 하는 거예요. 당장 사과하세요." 하면서 고함을 질렀다. 눈을 부릅뜨고 바닥에 있는 나를 내려다보았다. "아버지가 뭘 해 준 게 있다고 그래요?" 딸의 말에 뭐라고 대답해야 했으나 무슨 말을 어떻게 해야 할지 몰랐다. 내가 머뭇거리는 사이 딸은 "그러길래 사고는 왜 내셨느냐고요!" 하면서 목소리를 더 높였다. 딸은 그동안 나에게 쌓인 불만을 한바탕 퍼부었다. 술값 외상부터 시작해 텔레비전 소리 크게 틀어 잠을 잘 수 없다느니, 베란다에서 담배 피워 민원이 들어왔다느니, 결국 도움 되는 게 아무것도 없다고, 몰아붙였다. 그러곤 "말이 통하지 않는 아버지와 더 말하기 싫어요!" 하고 방을 나갔다.

딸은 사위가 될 사람한테 내 존재를 알리지 않은 모양이었다. 사위가 집에 오기로 한 날, 아내는 나에게 그가 오는 시간을 알려주고 그 시간에는 방 밖으로 나오지 않았으면 좋겠다고 했다. 그 말을 듣고 나도 생각이 많아지긴 했었다. 딸을 위해 아내 말을 듣는 게 낫다고 생각하지 않은 것은 아니었다.

그날은 아마 토요일 저녁이었을 것이다. 아내는 가게를 일찍 접고 집으로 돌아왔다. 사위가 될 사람이 온다고 잡채를 만들었다. 주방에서 만드는 잡채 냄새가 내 방까지 파고들었다. 갈비찜도 같이 가스레인지에 올렸는지 갈비 익는 냄새도 났다. 잡채 한 그릇 상에 얹어 소주를 마시고 싶었다. 아내가 만든 갈비찜을 뜯으며 사위가 될 사람 얼굴을 마주 보며 웃고 싶었다. 나는 방문에 귀를 대고 바깥에서 일어나는 일에 귀를 기울였다.

초인종 소리가 들렸다. 주방에서 음식을 만들던 아내가 빠른 걸음으로 현관으로 나가는 소리가 들렸다. "어서 오게. 윤 서방." 하는 소리가 들렸다. 나는 그때 사위가 될 사람이 내 방문을 열고 들어올까, 싶어 문손잡이의 잠금장치를 눌렀다.

잠시 뒤 초인종 소리가 들렸다. "오빠" 하는 딸의 목소리가 들렸다. 딸이 현관으로 나가 아들을 맞이하는 모양이었다. "형님, 오랜만입니다." 하는 사위 될 사람의 목소리가 들렸다. 둘은 이미 안면을 튼 거 같았다. "어이, 윤 서방." 하고 아들이 호기롭게 구는 목소리가 들렸다. 아들에게 저런 면이 있었던가 싶었다.

딸랑거리는 소리가 들렸다. 압력밥솥에서 밥이 됐을 때 나는 알림 소리였다. 아내가 압력을 빼는지 치익, 하는 소리가 들렸다. 밥공기를 싱크대에 놓는 그릇끼리 부딪치는 소리도 들렸다. 밥 익은 냄새가 문틈으로 들어오면서 시장기를 자극했다. 김치냉장고 문이 열렸다 닫히는 소리, 김치통에서 김치를 꺼내는 소리, 김치를 도마에 올리고 써는 소리……

이제 체중이 나가는 남자가 일어나 걷는 소리가 들렸다. 냉장고로 걸어가는 것 같았다. 묵직한 게 아들 걸음 소리였다. 냉장고 문을 열고 병맥주를 꺼내는 것 같았다. 액체가 든 병이 부딪치는 소리가 들렸다. 아내가 싱크대에서 맥주잔을 꺼내 쟁반에 올리는지 잔끼리 가까이서 부딪치는 소리도 들렸다. 식탁에 음식을 다 차렸는지 의자 끄는 소리가 들렸고, 거실에서 식탁으로 가는 발걸음 소리, 식기에 숟가락 부딪치는 소리, 후룩거리며 국을 먹는 소리, 김치 씹는 소리, 갈비찜을 먹고 남은 뼈를 식탁에 놓는 소리, 젓가락을 고르는 소리가 계속 이어졌다.

술이 담긴 잔이 부딪치는 소리에 이어 "윤 서방, 우리 식구가 돼 줘서, 고마워."하는 소리도 들렸다. 아내가 사위 될 사람한테 하는 말이었다. 술잔 바닥에 남은 술을 다 마시는 소리. 아내가 따라준 술을 사위 될 사람이 끝까지 다 마시는 소리에 이어 "어머니도 한 잔 받으시지요." 하는 소리가 들렸다. 빈 잔에 술 따르는 소리가 들렸다. "엄마는 술 못 마시잖아."하는 딸

차가운 방 27

의 목소리가 들렸다. "아니야. 윤 서방이 처음 따라주는 술인데……"하는 아내의 목소리도 들렸다. 다시 의자 끄는 소리가 들렸다. 모두 식사를 끝낸 모양이었다. 그들 모두 거실로 걸음을 옮겼다. 다시 냉장고 문이 열리는 소리가 들렸다. 야채칸을 여는 소리도 들렸다. 아내는 야채 칸에서 과일을 꺼내는 거 같았다. 싱크대 위에 과일이 구르는 소리가 제법 큰 것으로 보아, 뭔가 굵은 것들로 사 온 모양이었다.

"아버님은 언제 요양병원에서 퇴원하시는데요?"

사위 될 사람이 하는 말이었다. 아버님이라면 나를 가리키는 말이었다. 아내와 딸이 사위 될 사람한테 내가 요양병원에 있다고 둘러댄 모양이었다. 내가 요양병원에 있다고? 나는 문 손잡이를 삽았다. 나도 모르게 잡아 돌렸는지 손잡이에서 딸깍 소리가 났다. 그러나 나는 네발로 기어나갈 자신이 없었다. 요양병원에 있다는 내가 홀로 서지도 못하고 기어서 거실로 나가면 가족들은 어떤 표정을 지을까. 그리고 사위 될 사람은 딸을 어떻게 볼까. 나는 무엇이든 단 한 순간에 사라질 수 있다는 것을 기억했다. 나한테 사고가 한순간에 다가왔듯. 내가 나가면 거실에 있는 사람들도 거기서 비껴갈 수 없다는 걸 나는 알고 있었다. 나는 더는 문에 매달려 있지 않았다. 전기매

트에 누운 뒤 이불로 얼굴을 덮고 귀를 막아버렸다. 덤프트럭이 가드레일로 타고 올랐다 고속도로로 떨어졌을 때 벚꽃이 바람에 날려가듯 육신도 흩어졌더라면 좋았을 거라 상상하면서 잠이 들었다.

  그랬으면서도 기어코 나는 딸 결혼식에 가봐야겠다고 우겼다. 아내는 사돈 될 사람들은 당신이 요양원에 있는 거로 아는데 식장에 나타난다면 말이 되느냐고 꾸짖고 나무랐다. 나는 아버지로 가지 않고 그냥 하객처럼 휠체어에 앉아 딸이 드레스를 입은 모습만 보고 싶다고 했다. 아내는 단호히 고개를 내흔들었다. 딸이 싫다는데 어쩌겠느냐는 거였다. 나는 내가 뭘 그리 잘못했는지 알 수 없었다. 너무 억울해 눈물이 났지만 애서 참았다. 아내는 나를 내려다보면서 나는 아내를 올려다보면서 싸웠다. 나는 그러면 이 집에 있을 이유가 없다며 나가겠다고 말했다. 아내는 그런 말을 기다리고 있었던 것처럼 그러라고 했다. 그렇게 나는 아내와 남이 되었다.

  여전히 아랫배가 아팠다. 잠시 눈을 질끈 감고 있었다. 좁은 골목으로 겨울바람이 불어오는 게 느껴졌다. 그 바람 소리가 하이에나 무리의 울부짖는 소리처럼 사납게 들렸다. 텔레비전에서 본 암사자가 떠올랐다. 암사자는 삶과 죽음이 함께 하는 초원에서 무리와 함께 먹이를 구하다 다쳐 버렸다. 한 가족이었던 암사자들은 다친 암사자를 두고 떠났다. 마치 그것이 자연의 섭리처럼. 남겨진 암사자는 떠나가는 암사자들을 무심히 바라만 보았다. 긴 동행 끝에 찾아온 짧은 이별이었다. 그러나 남겨진 암사자는 이별의 감정을 붙잡고 있을 틈이 없었다. 곧 주위로 하이에나가 한 마리, 두 마리 더해졌다. 암사자는 지친 몸을 일으켜 하이에나를 향해 크으악 거렸다. 하이에나한테 맞서기 위해 마지막 남은 힘을 모으는 거 같았다. 나는 마지막 장면을 잘 알고 있었다. 어둠이 내린 초원에서는 하이에나의 울음소리만 길게 남겨질 거였다.

  나는 차가운 방바닥에 그대로 놓여 있는 코린트산을 한동안 바라보았다. 그러다가 손을 뻗으며 기어갔다. 코린트산의 목을 잡고 다시 방문까지 기어갔다. 문을 열었다. 흐릿한 눈으로 골목길을 하염없이 바라보았다. 길은 서서히 어두워져 가고 있었다. 찬바람이 이마를 스칠 때 눈을 감았다. 시원하면서 따뜻한 기운을 느꼈다. 다시 눈을 떴다. 골목길은 여전히 텅 비어 있었다. 지켜볼 사람이 없다는 게 마음에 들었다. 코린트산 뚜껑을 열고 골목에 쏟아버렸다.

문을 닫고 문손잡이의 잠금장치를 눌렀다. 형광등만 켜지 않으면 외출 나간 사람의 방처럼 보일 수 있었다. 사회복지사와 박 여사가 마음에 걸렸다. 두 사람에게 전화했다. "내일은 설날이야. 아들이 날 데리러 왔어. 한 달 뒤에 돌아올 거야." 하고 말했다. 통화를 끝내고 형광등을 껐다. 차가운 방바닥에 누웠다. 겨울이라서 참 좋았다. 사라진 흔적이 꽤 오랫동안 드러나지 않을 것 같았다. 결국 방세가 밀리면 집주인은 나를 찾아올 것이었다. 깜빡깜빡 눈을 감았다 뜰 때마다 좁은 골목에 부는 겨울바람 소리가 하이에나 무리의 울부짖는 소리로 변해갔다.

대단한 건, 말이었다

부장이 축구하자! 한마디 던지면 과장부터 계장, 대리, 막내인 나까지 업무를 멈추었다. 그리고 부장 앞에서 서로에게 "협조합시다!"하고 말했다. 모두 탈의실로 가서 운동복으로 갈아입고 회사 축구장으로 달려 나갔다. 어떤 직원은 부장 앞에서 덕분에 축구하고 건강까지 챙긴다고 너스레를 떨었다.

오늘은 수요일. 회사 업무보다 더 중요한 직원체육대회가 열리는 날이었다. 말로는 체육대회라지만 늘 축구만 하는, 게다가 이번에는 원정경기를 하는 특별한 날이었다. 그리고 나는 지금 그 축구시합을 하기 위해 차를 몰고 축구장으로 가는 중이었다.

나는 사년 전, 타이어를 만드는 기업의 환경부에 입사했다. 축구와는 아무런 관련이 없는 회사였다. 그런데도 면접 시 한 간부가 나에게 다짜고짜 물었다. 축구를 잘하느냐고. 예상치 못한 질문이었다. 나는 살아오면서 숨차게 뛰어본 적이 거의 없었다. 중고등학교 체육 시간에도 늘 아프다고 수업에서 빠졌다. 초등학교 운동회와, 공익근무요원으로 복무하기 전 훈련소에서 몇 번 뛴 게 전부였다. 그래도 취업이 중요했기에 나는 그에게 대놓고 축구를 잘한다고 했다. 그가 바로 우리부서의 부장이었고, 그 결과 나는 수요일마다 축구장을 달리게 되었다.

부장이 축구하자! 한마디 던지면 과장부터 계장, 대리, 막내인 나까지 업무를 멈추었다. 그리고 부장 앞에서 서로에게 "협조합시다!"하고 말했다. 모두 탈의실로 가서 운동복으로 갈아입고 회사 축구장으로 달려 나갔다. 어떤 직원은 부장 앞에서 덕분에 축구하고 건강까지 챙긴다고 너스레를 떨었다. 부장은 기업주의 친척으로 대학 다닐 때까지 축구 선수를 한 사람이었다. 뒷배가 있기 때문인지 어쨌든, 수요일이면 직원들을 축구장으로 몰아낼 수 있었다.

나는 축구를 할 때면 마음이 편하지 않았다. 부장은 축구를 못하는 나를 만만하게 대했다. 경기가 시작되면 나를 중고등학생처럼 다뤘다. "빨리 안 뛰어!" 반말로 고함을 질러댔다. 부장이 그렇게 나오자 다른 동료들도 축구할 때 나를 은근히 깔보기 시작했다. 그러나 나는 축구를 잘하기 위해 노력해야겠다는 다짐 따위는 하지 않았다. 그러다 슬슬 약이 오르며 그래

축구가 뭔지 한번 해보자, 하는 오기가 생겼다.

인터넷으로 축구와 관련된 기술을 검색했다. 바닥에 붙은 공을 띄워 패스하거나 골문을 향해 슛하는 킥, 자기에게 날아오는 공을 머리나 가슴이나 발로 받아 속도를 죽이는 트래핑, 머리로 공을 다루는 헤더, 발을 사용하여 공을 운반하고 속도를 조절하는 드리블 등을 공부했다. 그렇게 나는 축구 기술을 이론으로 먼저 파악했다. 그런데 축구 기술을 배우고 연습하더라도 나 혼자 하면 그럭저럭 따라 할 수 있지만 다른 선수가 있는 상황에서는 어려울 것 같다는 생각이 들었다. 상대가 압박하면 긴장하고 불안해서 몸이 굳어 버리고 호흡이 가빠져 제대로 못 할 게 뻔했다. 슬금슬금 오기가 사라지면서 부장이 나에게 축구를 시키지 않도록 하는 방법을 찾는 게 더 나을 것 같은 생각에 이르렀다.

나는 몇날며칠을 고민했다. 방법이 떠오르지 않았다. 이런저런 궁리 끝에 부장이 어딘가 사라져 버리면 될 거라는 어처구니없는 생각까지 하게 되었다. 꼭 그렇게 하리라는 것도 없이 인터넷에 접속해서 장난삼아 부장을 사라지게 하는 방법을 검색했다. 인천 어부장의 점심 특선, 영화배우 이병헌과 이성민이 출연한 영화인 남산의 부장들, 사람을 죽이는 법, 마지막 방법 등이 나왔다. 그것들을 훑어보며, 그러고 있는 나 자신이 한심해 피식 웃음을 터뜨렸다. 그래도 다소 진지하게 속으로 중얼거렸다. 그러면 내가 부장이 축구를 못하게 할 수 있는 방법을 찾는 것도 괜찮을 거 같은데.

내비게이션에서 축구장에 도착했다는 안내가 나왔다. 부서의 막내인 나는 축구경기 중에 선배들이 마실 생수와 이온 음료를 챙겨야 했다. 그뿐이 아니었다. 약품 상자, 조끼, 축구공 가방까지 준비해야 했다. 나는 자동차를 주차하고 하늘을 올려다보았다. 잔뜩 흐린 게 한바탕 비가 쏟아질 거 같았다. 축구하기 전에 신나게 퍼부었으면 좋을 거 같았다. 그러면 축구를 하지 않을 거였다. 부장의 고함도 듣지 않을 거였다.

그렇다고 내가 부장의 고함을 두려워하는 건 아니었다. 내가 진짜 두려워하는 건 바로 나의 성격이었다. 나는 부장이 내가 참기로 한 선을 넘어서 억압하면 내가 어떻게 변할지 알 수 없었다. 그래도 이번에는 참을 때까지는 참을 거라고 다짐하면서 축구용품 가방을 어깨에 멨다. 두 손으로 이온 음료와 생수를 들고 축구장으로 향했다.

주차장 옆길의 등나무 그늘 쉼터 옆에 경찰 순찰차가 세워져 있는 게 보였다. 경찰 한 명은 차 문을 열어 둔 채로 운전석의 의자를 비스듬히 눕히고 쉬고 있었다. 한 명은 나무 그늘의 벤치에 허리에 찼던 권총을 옆에 놓은 채 앉아서 책을 보고 있었다. 나는 그 경찰이 무엇을 하는지 알 거 같았다. 나의 아버지는 강력반 형사였었다. 진급을 위해 노력했었다. 뜻대로 되지 않자, 일반 경찰에게 욕을 했었다. 순찰 나가서 일은 안 하고 숨어서 승진 공부를 한다고. 그랬기에 내 눈에는 그늘에 있는 경찰도 승진시험 공부를 하는 것처럼 보였다.

그랬던 아버지도 내가 중학교 다닐 적에 승진했다. 아버지는 연쇄살인 사건을 해결하고 특진해서 기뻐했지만 나는 그럴 수 없었다. 아버지는 진급한 뒤 다른 경찰서로 전근을 가야 했다. 엄마도 집이 낡았으니 이사를 가자고 했다. 나는 남녀공학 중학교에서 아버지가 전근 간 도시의 남자 중학교로 원하지 않는 전학을 가야만 하는 게 싫었다.

나는 벤치의 경찰관과 책을 번갈아 쳐다봤다. 그러자 나의 시선을 느낀 경찰관이 책에서 시선을 거두고 나를 살폈다. 나는 얼른 운동장 쪽으로 고개를 돌렸다. 부장이 눈에 들어왔다. 다시금 참을 때까지 참아야 한다고 생각하며 전학 하자마자 내 성격 때문에 큰 사고가 일어났던 예전의 일을 떠올렸다.

전학 간 첫날, 점심시간이었다. 내 뒤에 앉은 녀석이 나에게 천 원만 빌려 달라고 했다. 나는 아무 생각 없이 주머니에서 돈을 꺼내 녀석에게 주었다. 녀석은 다른 아이들에게도 나에게 했던 것처럼 똑같이 했다. 아이들은 녀석에게 겁을 먹고 있는 것처럼 보였다. 다음날 나는 녀석에게 어제 빌려 간 돈을 갚으라고 했다. 녀석은 나를 쓱 훑어보면서 네가 전학해 와서 뭘 모르는 모양인데, 하고 말을 이었다. 그러니까, 녀석이 돈을 빌려달라는 말은 사전에 나오는 말과 달랐다. 그냥 돈을 빼앗는 거였다. 혹시 학생부에 신고가 들어가면 교사에게 갚을 건데요, 하면 아무 일 없이 끝낼 수 있는 식으로. 녀석은 우리 반뿐만 아니라 다른 반에 가서도 만만한 아이들에게 그런 식으로 돈을 빼앗았다. 우리 반의 대여섯 명에 다른 반 아이들까지 포함하면 녀석에게 당하는 아이들의 숫자는 꽤 될 거 같았다. 나는 화가 치밀었다. 나는 싸움을 잘하는 편은 아니었다. 강력반 형사인 아버지의 성질이 나에게 있었다. 초등학교 다닐 적부터 누군가가 괴롭힘을 당하는 걸 보면 참지 않았다. 녀석의 그런 행동 역시 두고 볼 수 없었다.

그러던 중, 젊은 여교사의 영어 수업 시간에 녀석이 뒤에서 내 옆구리를 찔렀다. 나는 허리까지 돌려 녀석을 빤히 쳐다보고 다시 돌아앉아 수업에 집중했다. 녀석이 또 옆구리를 찔러 댔다. 이번에는 감정이 실린 게 느껴졌다. 나는 고개를 돌려 녀석을 노려보았다. 녀석은 나를 보면서 씩 웃었다. 그리고 자신의 아래쪽으로 턱짓을 두세 번 하면서 그곳을 보라는 신호를 보냈다. 녀석은 의자를 뒤로 빼고 바지의 허리띠를 풀고 자위행위를 하고 있었다. 책상 위에 물티슈까지 올려놓은 채 다른 학생들을 의식하지 않고 웃으며 손장난에 몰두했다. 나는 녀석의 행동에 구역질이 나왔다. 망설이지 않고 외쳤다. "선생님, 내 뒤에서 지금 자위행위를 하고 있습니다."

녀석은 내 말에 놀라 발기한 성기를 얼른 바지에 감추었다. 그러곤 자리에서 벌떡 일어나 나보다 더 큰 소리로 말했다. "어떤 자식이 교실에서 딸을 치는데?" 젊은 여교사는 얼굴이 붉어진 채 녀석의 바지춤이 불룩한 것을 못 본 척했다. 어떻게 해야 할지 몰라 허둥댔다. 녀석은 여교사의 그런 모습을 즐기는 듯했다. 뻔뻔스럽게 또다시 반 아이들에게 물었다. "수업 시간에 딸 치는 놈 봤냐?" 반 아이들은 녀석의 보복이 두려워서 가만히 있었다. 녀석은 다시 말했다. "선생님, 교실에서 딸 치는 걸 아무도 못 봤는데, 전학 온 애만 봤다고 하네요. 전학 온 애가 조금 이상하네요." 녀석은 나를 이상한 아이로 몰아갔다. 그러면서 교실에서 자위행위 했던 일을 없었던 일로 만들어 나갔다. 나는 가만히 있을 수 없었다. 큰 소리로 외쳤다. "선생님 저는 자위행위 하는 거 분명히 봤습니다." 여교사가 최소한 수업이 끝난 뒤 녀석과 나를 교무실로 데리고 가서 어떻게 된 일인지 물어볼 거라고 생각했던 것이다. 그런데 여교사는 눈물을 보이면서 교실을 나가 교무실 쪽으로 달려가 버렸다.

녀석은 수업이 끝난 뒤 나를 데리고 학교 근처 공원으로 갔다. 도착하자 배낭을 던져놓고 나에게 싸우자고 했다. 나도 고개를 끄덕였다. 어느새 대여섯 명이 나타나 나를 바닥에 쓰러뜨렸다. 나는 등을 밟히면서 녀석의 말은 역시 사전에 나오는 뜻과 다르다는 것을 알았다. 녀석의 '싸우자'라는 말은 여럿이 한 명을 폭행하는 거였다. 나는 맞으면서 다짐한 게 있었다. 내일은 무슨 일이 있어도 녀석의 머리를 의자로 내려치겠다고. 그러려면 내가 맞은 걸 엄마나 아버지가 알면 곤란했다. 내가 맞은 사실을 알면 학교에 신고할 거였다. 그러면 내 계획이 어그러질 터였다. 최소한 얼굴은 맞지 않아야 했다. 두 팔로 얼굴을 감쌌다. 옆구리를 밟혔을 때 숨이 절로 멎으면서 얼굴을 감싼 두 팔을 내릴 뻔했다. 그래도 녀석의 정수리에서 피가 흘러내리는 걸 상상하면서 고통을 참아 냈다.

경찰차의 사이렌 소리가 들리고 나서야 녀석들의 폭력은 멈췄다. 내가 맞는 장면을 본 누군가 경찰에 신고한 모양이었다. 나도 그 자리에 있으면 안 되는 거였다. 내일 녀석의 정수리를 내리치려면 달아나는 게 맞았다. 그런데 몸이 마음처럼 움직이지 않았다. 나이 든 경찰과 젊은 여자 경찰이 다가오고 있었다. 나는 경찰을 보면서 한심한 생각이 들었다. 진짜 나를 때린 녀석을 잡으려고 왔다면 사이렌을 울리지 않고 조용히 오는 게 맞았다. 억울해서 그런지 경찰들은 일이 하기 싫어서 그러니까 폭행한 녀석들을 잡아가서 사건을 조사하는 게 귀찮아서 녀석들 달아나라고 사이렌을 울린 거 같은 생각도 들었다. 늙은 경찰은 나에게 다가왔다. 여기서 폭행 사건이 일어난 걸 봤느냐고 물었다. 나는 여자 경찰을 쳐다보면서 말했다. "못 봤어요." 그러자 늙은 경찰은 되물었다. "확실히 폭행 사건은 없었지?" 나는 내 다짐을 실천에 옮기기 위해서 고개를 끄덕였다. 늙은 경찰은 무전기에 대고 장난 전화로 출동한 것 같다고 했다.

나는 밤에 몸이 쑤시고 아파서 잠을 제대로 잘 수 없었다. 녀석의 머리를 내리치는 상상을 하면서 통증을 견뎌 냈다. 엄마가 차려준 아침을 먹으면서 무엇보다 사전에 나온 말 그대로 녀석의 머리를 의자로 내려치자는 다짐을 잊지 않았다. 집을 나서면서 나는 녀석이 경찰에 신고한 거로 알고 학교에 나오지 않을까 걱정했다. 녀석이 보이지 않으면 내 다짐을 실천할 수 없어서 아쉬울 거 같았다. 마음을 태우며 교실에 도착했다. 녀석의 뒤통수가 보였다. 참 반가웠다. 내 손으로 녀석에게 복수할 수 있게 됐다. 경찰 둘이 왔을 때 사실대로 말하지 않은 내가 대견해 보였다. 나는 발걸음 소리를 죽이고 녀석에게 다가갔다. 녀석은 내가 뒤에서 의자를 들어 올릴 때까지 내가 다가온 줄 모르고 있었다. 결국 나는 나와 한 약속을 지켰다.

그런데 녀석은 내가 자기 머리를 의자로 내려치지 않았다고 했다. 나에게 머리를 맞고 그대로 교실 바닥에 퍼져버렸으면서도. 나는 녀석의 무리가 나를 밟았던 것처럼 녀석의 등을 발로 밟으려고 발을 들어 올렸다. 내가 당한 것만큼 그대로 돌려주기 위해서였다. 그런데 거기까지는 뜻대로 되지 않았다. 누군가 야속하게 교무실로 달려가 신고한 모양이었다. 달려오는 교사도 경찰처럼 한심했다. 복도 끝에서 "몇 반이야?"를 되풀이하면서 달려오고 있었다. 나는 그 소리를 들으며 나를 때리다 도망간 녀석들처럼 행동을 멈추었다. 내 다짐은 당한

만큼 돌려주는 거였는데 이상하게도 내가 한 행동을 남에게 들키지 않았으면 하는 마음도 있었던 거였다.

그러나 나는 피 흘리는 녀석을 보면서 다시 의자를 들었다. 녀석을 내려치기 위해서. 그때 남자교사가 달려와 나를 두 팔로 감쌌다. 그러고 물었다. "어떻게 된 거야?" 나는 진실을 이야기했다. "선생님, 제가 의자로 머리를 내리쳤어요." 그런데 쓰러졌던 녀석이 일어나 반박했다. "저 자식에게 맞은 게 아니고요. 내 발끼리 걸려 넘어지면서 사물함에 머리를 찍었어요." 그러자 교사는 짜증을 내면서 투덜거렸다. "진짜 어떻게 된 거야?" 녀석은 교사에게 자기가 실수해서 넘어져 다친 거라고 계속 우겼다. 피를 흘리는 녀석이 그렇게 나오자 교사는 녀석의 말을 받아들였다. 녀석은 교사의 표정을 살피면서 내가 자기의 머리를 내려치지 않았다고 다시 말했다.

그러자 교사는 알았어, 하면서 녀석에게 상처부터 치료하는 게 좋겠다고, 보건실로 가서 상처를 확인하고 병원에 가야 할 거 같다고 말했다. 그러자 녀석은 상처는 깊지 않다고 또 우겼다. 교사를 따돌리기 위해 안간힘을 쓰고 있었다. 나는 녀석이 그렇게 나오자 의자를 올려야겠다고 생각했다. 교사가 녀석의 말을 그대로 믿고 돌아가면 나에게 보복할 거였다. 녀석이 아예 나에게 보복할 생각조차 못 하게 만들어야 했다. 그보다 더 녀석이 거짓말을 더 이상 못하게 만들어 버리고 싶었다. 녀석의 말을 사실처럼 믿어 버리려고 행동하는 교사도 마음에 들지 않았다. 그래서 나는 다시 의자를 들었다. 그러나 의자를 든 팔은 더 이상 올라가지 못했다. 교사가 내 손에 들린 의자를 잡았기에. 어쨌든 그 뒤로 녀석은 더 이상 나를 건드리지 않았다.

축구장으로 들어서고, 얼마 뒤 누군가 뒤에서 내 손에 들린 이온 음료를 낚아챘다. 고 대리였다. 그와 눈이 마주치자 나는 씩 웃었다. 고 대리는 말을 더듬었다. 어릴 적 친구들이 자기 말을 따라 하며 놀리는 게 싫어서 혼자 지내는 데 익숙한 사람이었다. 고 대리가 내 이름을 불렀다. "스스승 유윤 씨." 그쯤에서 나는 그가 무슨 말을 하려고 하는지 알고 있었다. 무거울 테니 자기가 돕겠다는 거였다. 고 대리가 이온 음료를 함께 들기 전에 나를 스쳐간 선배는 대여섯 명이나 있었다. 그들 가운데서 짐을 같이 들어준 사람은 없었다. 그런 그들도 회식 자리에서는 내 앞에서 억울한 마음을 마음껏 털어놓았다. 자기 신입 때 부장이 대리였는데 수요일마다 축구하자고 할 때는 정말 싫었다고. 다른 선배들이 업무를 떠넘기면 화는 나는데 말 한마디 제대로 못 하고 살아야 해서 억울했다고. 회사의 중요한 업무는 자기가 다 했는데 다른 사람이 진급해서 짜증 났다고.

어쨌든 고 대리는 그들과 달랐다. 나는 입사한 뒤 엑셀 사용법을 몰라 애를 태운 적이 있었다. 그때 고 대리가 조용히 다가와 나를 도와주었다. 그 일이 있고 나서 나는 그를 따르게 됐다. 그러면서 그의 손에는 늘 기계와 관련된 책이 들려 있는 걸 알게 되었다. 나는 그런 그가 무엇을 하는지 늘 궁금했는데 입사한 지 일 년쯤 지난 어느 주말 그 이유를 알게 되었다. 어느날 고 대리가 나를 자기 집으로 불렀다. 그의 집에 도착했을 때 그는 자동차 정비사 복장으로 나를 맞았다. 그러고는 내 앞에서 자신의 대형 에스유브이의 엔진오일을 직접 교체했다. 나는 그가 작업하는 모습을 보고 엄지를 치켜들었고, 고 대리는 주머니에서 자동차 정비 자격증을 꺼내 보여 주었다. 고 대리는 자기가 관심을 가진 일은 전문가 수준에 이를 때까지 해야 하는 사람이었다. 나는 끝까지 해내는 고 대리의 모습이 보기 좋았다. 엄지손가락을 들어 보였다. 그러자 고 대리는 쑥스러운 표정을 지으며 말을 돌렸다. "내내가, 스스스피피피드를 조조아 하하안다."
  고 대리는 아이티 계통에도 관심이 있었다. 컴퓨터, 아이패드, 스마트폰도 늘 최신 제품을 사서 인터넷을 검색하면서 사용법을 익혔다. 코로나19로 원격회의를 해야 했을 때 고 대리의 참모습이 드러났다. 고 대리는 코로나19가 발생하기 전부터 줌 사용 방법을 알고 있었다. 진짜 사용해야 할 때가 되자 고 대리는 사용법을 요약한 인쇄물을 직원들에게 나누어 주었다. 고 대리의 숨은 노력 덕분에 코로나19에 걸려 자가격리에 들어갔던 직원들도 줌으로 회의하면서 업무를 할 수 있었다. 고 대리는 구글 클래스룸까지 회사 업무에 도입했다. 회사 사장이 고 대리가 한 일이 어떤 효과를 불러오는지 제대로 알면 큰 보상을 해야 할 터였다.
  회사 사람들은 업무를 하다가 문제가 생기면 고 대리를 찾았다. 한글 문서 여러 개를 이어 붙인 뒤에 쪽 번호 매기기를 해야 할 때, 엑셀 프로그램으로 작업하다가 계산식에 오류가 생길 때, 프린트의 스캔 기능이 제대로 되지 않을 때, 컴퓨터의 하드 교체 작업을 할 때, 출입문 손잡이가 고장 났을 때, 천장의 냉난방기가 작동을 안 할 때, 심지어 변기가 막혔을 때까지. 무엇보다 고 대리는 선배나 후배, 상사나 부하를 가리지 않았다. 자기를 찾는 사람이 있으면 기꺼이 도와주었다. 동료들이 불편한 일을 해결해 준 뒤에 고맙다고 하면 조용히 자기 자리에서 말했다. "이이이 거 아아무거거것또 아아니인데." 나는 고 대리가 사람들의 부탁을 척척 처리해 주는 걸 보면서 그의 영리한 두뇌를 부러워하기도 했다. 그는 말이 어눌해도 사전에 나오는 말 그대로를 보여주는 사람이었다. 거듭 말하지만, 고 대리 같은 사람을 사원으로 둔 회사도, 사장도, 직원들도, 그리고 나도 다행이 아닐 수 없었다.

그런데 회사의 윗사람들은 고 대리의 능력을 제대로 인정하지 않는 거 같았다. 나는 고 대리가 회사에 이바지하는 거로 봐서 벌써 과장으로 진급해야 하는 게 옳다고 봤다. 고 대리의 입사 동기들은 두세 해 전에 과장으로 승진했다. 고 대리의 능력에 말을 더듬지 않고 부장처럼 축구를 잘했다면 벌써 부장까지 진급했을 거였다. 나를 슬프게 하는 건 고 대리와 나이가 비슷한 직원들과 후배들도 고 대리가 말을 더듬는 걸 따라 하면서 은근히 무시하는 거였다. 그런 사람들이 축구로 존재감을 드러내는 부장은 어려워했다. 나는 그들이 우습게 보였다.

나는 신입이기에 회식 자리는 거의 참석하다시피 했다. 참석하는 사람들은 매번 달랐지만, 비슷하게 들리는 말은 있었다. 부장은 업무를 안 도와주는 게 돕는 거라고. 내세울 게 없어서 입사 때부터 부장이 될 때까지 축구만 우려먹는다고. 기업주를 친척으로 두지 못한 게 죄라고. 어떤 선배는 부장이 회사에서 자신에 대해 지잡대 출신이라고 대놓고 말하고 다녀서 주먹을 날리고 싶었다고도 했다. 술자리가 새벽까지 이어지면 부장의 이름을 대놓고 부르면서 험한 욕설을 내뱉기도 했다. 그 자리에 부장이 나타나면 당장 죽일 것처럼 흥분하는 선배들도 있었다. 그런데 나는 다음날이면 심한 배신감을 느꼈다. 그들은 부장이 출근하면 자리에서 벌떡 일어나 허리를 깊숙이 숙여 인사했다. 술을 마시고 부장을 향해 마음껏 적개심을 드러냈던 선배들은 출근만 하면 다 사라져 버렸다.

저만치 파란 잔디 축구장에 빨강 유니폼을 입은 부장이 보였다. 짐을 들고 함께 걸어가던 고 대리가 중얼거렸다. "부부자장이 추욱구……" 고 대리도 축구 실력은 딱 나 정도였다. 그래서 축구 할 때마다 부장에게 시달렸다. 고 대리는 남 얘기를 안 하는 사람이었다. 그런 사람이 부장을 말하는 건 축구 경기를 할 때 스트레스를 받는다는 뜻이었다. 나는 고 대리의 마음을 헤아리듯이 말했다. "고 대리님, 저는 부장이 없어

졌으면 좋겠어요."고 대리가 놀란 표정으로 주변을 돌아봤다. 그러면서 슬그머니 웃었다. 나는 생각했다. 역시 부장이 축구를 못하게 하는 방법을 찾는 게 여러 사람이 편해지는 길이겠다고. 나는 몸을 푸는 부장을 유심히 살폈다. 사십 대 중반이라 했는데 허벅지 근육이 굵었다. 가슴 근육은 탄탄한 게 축구 유니폼 위로 근육 윤곽이 드러났다. 이십 대인 나보다 몸이 더 단단해 보였다. 부장과 맞붙으면 이길 수 있겠다는 생각은 퍼뜩 들지 않았다. 중학교 때 들었던 의자 같은 게 있다면 괜찮을 거 같지만, 축구장에는 들 만한 의자도 보이지 않았다. 그때 부장이 내 이름을 불렀다.

"야, 이승윤!"

나는 부장을 의식해서 뛰는 척을 하며 한 가지 생각을 했다. 어떤 사람들은 유에프씨 대회에서 하는 격투기 경기를 잔인하다고 하는데 나는 거기에 동의할 수 없다고, 경기 도중 피 흘리면서 싸운다고 잔인하다고 하는 것 같은데 잘 모르고 하는 소리라고, 격투기는 실력이 비슷한 사람끼리 시합하다가 조르기 공격인 초크가 들어오고 풀지 못하면 항복의 표시로 탭을 치면 그것으로 끝이라고. 또 턱이나 관자놀이를 맞아 정신을 잃고 쓰러지면 역시 경기는 끝난다고, 경기가 시작되고 실력 차이가 드러나면 강자가 약자를 빨리 제압하고 경기를 끝낸다고, 그래서 약자가 고수에게 오랜 시간 동안 시달리는 일은 없다고, 더군다나 고수가 이제 격투기를 시작한 초보자를 데리고 시합하면서 놀리는 일 따위는 있을 수 없다고.

그러니 부장이 하는 축구는 격투기보다 잔인하게 보이지 않을 뿐이었다. 실제로는 룰도 스포츠 정신도 없었던 것이다. 부장은 어쨌든 축구 실력으로 대학까지 갔으니까 프로였다. 나와 고 대리는 축구를 배운 적조차 없는 사람들이었다. 회사 와서 부장을 만나 축구화를 처음 신어 본 셈이었다. 부장은 프로고 우리는 초보였다. 프로 격투기 선수가 일반인을 데리고 시합하자고 하면 잘못된 일이었다. 폭력으로 볼 수 있는 거였다. 부장이 나와 고 대리를 데리고 축구하는 것은 폭력이었다. 고 대리가 축구 경기를 하는 날이면 어떤 기분일지 짐작이 되었다. 나는 축구 경기가 시작된 뒤 공이 나에게 날아오면 다룰 재간이 없어 겁부터 났다. 그리고 나와 축구를 하는 동료들은 내가 축구를 해본 적이 없는 걸 알 텐데도 오히려 나를 놀리듯이 개인기를 더 부렸다. 그러면 그런 꼴을 당하면서도 내가 할 수 있는 게 없어서 더 미칠 거 같았다. 부장이 상대를 제대로 막지 못한다고 구박까지 해대면 냅다 달려가 상대의 엉덩이를 걷어차고 싶어질 정도였다.

축구장에 도착하자 고 대리가 말했다. 천연 잔디 구장이 멋있다고. 나는 축구 못 한다고 놀림을 당할 걸 생각하자 별다른 기분이 들지 않았다. 나와 고 대리는 들고 온 이온 음료와 생수를 우리 팀의 벤치 옆에 내려놓았다. 선배들이 입을 조끼와 축구공 가방도 챙겨 놓았다. 그런데 약품 상자가 보이지 않았다. 주차장에서 짐을 들고 오느라 벌써 등줄기에 땀이 흘렀다. 다시 약품 상자를 가지러 가기는 싫었다. 그러나 부장이 이 사실을 알면 동료들에 대한 배려심이 없다고 비난할 거였다. 고 대리가 다시 가지러 가자고 했다. 나는 고개를 흔들었다. 약품 상자를 가지러 가지 않는 게 부장에게 작은 복수를 하는 기분도 들었다. 부장은 축구 경기를 하기 전에 늘 직원들의 건강을 배려한다고 했었다. 그는 '배려'라는 낱말을 자주 사용했다. 그런데 입사 때부터 지켜봤지만 부장이 남을 도와주거나 보살펴 주는 걸 본 적이 없었다.

오늘 우리와 경기하는 팀은 은행팀이었다. 부장의 고등학교 동기가 그 은행에서 일하고 있어 이뤄진 거였다. 부장의 동기는 공격형 미드필더로 청소년 국가대표까지 한 사람이었다. 부장은 수비형 미드필드였다. 국가대표는 한 적이 없었다.

지기 싫어하는 부장은 자기가 국가대표를 해보지 못한 걸 아쉬워했다. 그래선지 부장은 친구야 반갑다고 말하면서도 표정에는 친구를 이기고 싶다는 마음이 드러나 있었다.

경기가 시작되기 전, 우리 팀과 상대 팀이 마주 보고 서서 악수했다. 나와 악수한 사람의 손힘이 장난이 아니었다. 그는 부장보다 키도 더 컸다. 허벅지와 상체도 더 두꺼웠다. 수비를 서는 나로서는 그 사람이 공격수가 아니길 바랐다. 걱정 속에 경기가 시작됐다. 제기랄 그는 최전방 스트라이커였다. 중앙선에서부터 패스한 공을 받고 우리 골대 앞으로 치고 들어왔다. 나와 고 대리가 공 없이 전력 질주하는 것보다 더 빨랐다. 축구를 잘 모르는 내가 봐도 그는 최소한 고등학교 때까지 선수로 활동한 게 확신해 보였다. 공에 몸무게를 실어 슛하면 그걸 막는 내 다리가 부러질 거 같았다. 그가 슛할 때마다 나는 아예 발을 빼고 지켜보았다. 고 대리도 그 사람을 따라잡는 걸 포기하고 있었다. 경기를 시작한 지 십 분도 되지 않았는데 그가 두 골을 넣어 버렸다. 그러자 부장은 흥분하기 시작했다. 나와 고 대리를 향해 "야! 잡으란 말이야!" 하면서 고함을 질렀다.

진짜, 나도 그 공격수를 따라잡고 싶었다. 축구깨나 했다는 인간이 나와 고 대리 같은 초보 앞에서 시범을 보이듯이 바닥에 붙은 공을 우리 골키퍼 옆으로 띄워서 골망을 흔들고 있었다. 또한 자기에게 날아오는 공을 머리와 가슴 그리고 발로 받아 속도를 죽여 가며 골을 넣었다. 그 뒤에는 골을 넣을 수 있는데도 나와 고 대리를 데리고 장난치듯이 공을 드리블하면서 우리를 따라오게 했다. 나는 짜증이 났다. 그런 내 마음도 모르고 부장은 경기가 뜻대로 풀리지 않는다고 나와 고 대리를 향해 인마, 하고 막 대했다. 가뜩이나 짜증이 치미는데 상대 팀 공격수가 나를 보고 씩 웃으며 축구 선수들이 알까기라고 하는 기술, 그러니까 내가 벌린 두 다리 사이로 공을 빼면서 달려가는 거였다. 상대 팀 선수들이 그 모습을 보고 큰소리로 웃었다. 파란 잔디밭에서 웃음거리가 된 나는 당하고만 있을 수 없었다. 진짜 있는 힘을 다해 그를 향해 달렸다. 그와 거리가 좁혀졌을 때 공을 차는 척하면서 그의 엉덩이를 차버렸다. 그런데 은행나무 가로수 기둥을 찬 느낌이었다. 사람의 몸이 그렇게 단단할 수 있다는 걸 새삼 느꼈다.

그는 나에게 엉덩이를 차이고도 끄떡없이 우리 골대로 달려가 슛했다. 부장이 짜증이 난 목소리로 내 이름을 불렀다. "야, 이승윤!" 나는 나에게 엉덩이를 차이고도 기어이 골을 넣어 버린 상대 공격수 때문에 약이 잔뜩 올라 있어 대꾸도 하지 않았다. 게다가 씩씩거리며 내 이름을 부르는 부장을 보자 중학교 때의 일이 떠올랐다. 나는 오늘 일이 잘못되면 녀석의 머리 위로 의자를 내려치던 그날의 나로 되돌아갈 수 있겠다는 위험한 생각이 들었다. 그런 일이 일어나지 않아야 하는데 부장도 상대 공격수도 나를 자꾸 자극했다.

 나라고 꿈이 없을 수 없었다. 내가 가진 능력 안에서 다른 사람들에게 도움을 주고 싶었다. 환경 기사가 되면 내가 사는 동네만이라도 오염이 덜 되게 만들고 싶었다. 환경 기사가 되기 위해 독서실에 처박혀 포스트잇에 화학 공식을 써가면서 외웠었다. 그리고 환경 기사로 살기 위해 이 회사에 들어왔다. 회사 일이 익숙해지면 대학원에 갈 생각이었다. 축구화를 신고 잔디밭을 달리기 위해 온 게 아니었다. 그런데 내가 막내라 축구 경기 준비를 해야 했다. 경기 중에 마실 음료수나 간식거리 사는 일에도 시간을 보냈다. 축구 경기가 끝나면 술을 마셨다. 술자리가 끝나면 노래방에 가서 시간을 보냈다. 자기 계발할 시간이 그냥 날아가는 게 아까웠다. 그렇다고 부장이 있는 한 축구화를 신지 않을 수 없었다. 나의 지금 마음은 축구화를 벗어 부장의 얼굴에 던져 버리고 싶었다.

다시 부장이 내 이름을 부르고 욕까지 했다. "야, 이승윤, 이 새끼야!" 나는 더 이상 참기가 힘들었다. 의자를 들었던 중학교 시절의 나로 되돌아가는 것도 괜찮을 거 같았다. 그렇게 생각하자 주차장 옆의 벤치에 놓여 있던 경찰의 권총이 떠올랐다. 이번에는 의자 대신 권총으로 부장을. 나는 부장이 있는 곳을 쳐다보지 않고 벤치 쪽으로 걷기 시작했다. 누군가가 나를 다급하게 불렀다. "이승윤 씨." 부장의 목소리는 아니었다. 누군가 싶어 나는 계속 걸어가면서 고개를 돌렸다. 고 대리의 동기인 조 과장이 부른 거였다. 그는 나와 눈이 마주치자 손짓으로 고 대리가 다리를 쭉 뻗고 앉아 있는 걸 가리켰다. 고 대리는 공격수를 따라다니느라 다리에 쥐가 난 거 같았다. 조 과장은 내 쪽으로 걸어오면서 부장이 스프레이 파스를 찾기 위해 나를 불렀던 거라고 했다. 고 대리는 동료들의 부축을 받으며 경기장 밖으로 나가고 있었다.

부장은 고 대리 쪽으로 가는 나를 보면서 약품 상자를 찾았다. 나는 조금 전 축구화를 더 이상 신지 않겠다는 생각까지 해서 그런지 얼굴이 붉어진 부장을 똑바로 쳐다보면서 말했다. "내 손이 두 개밖에 없잖아요." 그러자 부장은 내가 반항하는 걸 눈치를 채고는 불쾌한 마음을 드러냈다. "어, 이승윤이

이게." 부장은 내 이름을 부르면서 자기에게 오라고 했다. 나는 주차장 쪽으로 가면서 화가 난 마음을 억누르며 차분하게 대꾸했다. "내 차 트렁크에 약품 상자 있어요."

나는 벤치 쪽으로 가면서 경찰이 그대로 있길 바랐다. 지금 내가 생각하는 건 권총뿐이었다. 뛰어가고 싶었는데 상대 공격수를 따라다니느라 지쳐서 뛸 수 없었다. 할 수 있는 한 빠르게 걸었다. 경찰이 가버렸으면 일이 안 되는 거였다. 하늘은 잔뜩 흐린 게 비가 곧 올 거 같았다. 비라도 내리면 경찰은 차를 타고 가 버릴 수 있었다. 비가 오지 않아야 했다. 나는 마음이 급해졌다. 종아리가 뭉치기 시작했다. 제대로 걷기 힘들었다. 권총만을 생각하면서 걸었다. 드디어 벤치가 보였다. 문이 열린 경찰차도 보였다. 참 다행스러운 일이었다. 벤치에 앉아 있는 경찰의 모습을 봤을 때 손에 권총을 쥔 기분이 들었다.

경찰 한 명은 차 문을 열어 둔 채로 운전석 의자에서 잠들어 있었다. 한 명은 그대로 권총을 벤치 위에 올려놓은 채 아까 내가 예상했던 대로 수험서 같은 책을 보고 있었다. 권총을 보긴 봤지만 손에 쥘 방법이 떠오르지 않았다. 나는 그의 옆에 앉으며 부장 때문에 난 화를 엉뚱한 곳에 푸는 심정으로 살짝 비꼬며 말했다. "순찰 안 하고 승진 공부하고 있었네요." 경찰은 내 말에 전혀 당황하지 않고 말했다. "형사 하느라 제대로 진급 공부 못 했어요." 오히려 나를 쳐다보면서 씩 웃었다. 그는 머리카락이 하얀 게 많고 얼굴에 주름이 있는 게 아버지와 비슷한 나이 정도 돼 보였다. 그는 책을 덮으면서 물었다. "무슨 일로 왔어요?" 나는 책 제목을 쳐다봤다. 주관식 경찰 행정법이었다. 나는 그가 형사였다는 말을 들어서 약간의 친근감을 느꼈다. 그의 옆에 앉았다. 그리고 고 대리처럼 말을 더듬으며 축구장에 폭행범이 있다고 말했다. 그를 잡아야 하는데 권총을 빌려줄 수 있는지 물었다. 내가 얼마나 어처구니없는 말을 하는지 잘 알면서도.

그런데 경찰의 태도가 내 예상과 달랐다. 경찰은 나를 보면서 일단 얘기나 들어 보자고 했다. 나는 경찰이 권총을 빌려달라는 내 말을 무시할 줄 알았다. 뭐 그리 말도 안 되는 소리를 하느냐고, 이상한 사람 취급을 할 줄 알았다. 그런데 경찰은 진지하게 나에게 무슨 일이 있었는지 자세히 말해 보라고 했다. 경찰이 그렇게 나오자, 나는 당황했다. 무슨 말부터 해야 할지 갈피가 서지 않아 말을 꺼내지 못하고 있었다. 그러자 경찰은 폭행 사건이 어디서 일어났는지 물었다. 나는 축구장이라고 말했다. 경찰은 사건이 일어난 시간을 물었고 나는 조금 전이라고 대답했다. 경찰은 누가 누구를 폭행했는지 질문했다. 나는 우리 회사의 부장이 고 대리를 축구로 폭행했다고 대답했다. 경찰은 내 말을 다 들은 뒤 정리해서 물었다. "조금 전 축구장에서 당신 회사의 부장이 고 대리를 축구로 폭행한 게 확실해요?" 나는 내 눈으로 똑똑하게 봤다고 했다. 경찰은 내가 '부장이 고 대리를 축구로 폭행했다는 말이' 이해되지 않는다고 하면서 더 알기 쉽게 설명해 보라고 했다. 나는 내가 자세히 말해 주변 권총을 빌려줄 수 있느냐고 또다시 어처구니없는 말을 했다. 경찰은 "폭행범을 잡는다는데……" 하면서 허허 웃었다.

그런데 신기하게도 경찰이 내 말을 진지하게 들어줄수록 부장을 향해 품었던 내 마음은 누그러졌다. 어쨌든 경찰은 회사 선배들에 비하면 대단한 사람이었다. 회사 선배들은 회식 자리에서 자신의 아픈 이야기, 화났던 이야기를 길게 늘어놓았다. 후배인 나의 아픈 이야기는 전혀 들으려고 하지 않았다. 나는 아픔조차 없는 것처럼 대했다. 그런데 경찰은 내가 감정에 취해 마구 쏟아내는 이야기를 묵묵히 들어주었다. 나는 경찰을 보면서 내가 나이가 들면서 어떻게 변할지 생각해 봤다.

부장처럼 말을 앞세우는 직장인으로 살아갈 수도, 내 이야기를 들어준 경찰 같은 사람이 될 수 있었다. 생각이 많아졌다.

나는 더 이상할 말이 없어져 멍하니 앉아 있었다. 경찰은 나에게 다시 물었다. 군대를 다녀왔는지, 총을 쏜 적은 있는지. 나는 입사 면접할 때처럼 현역으로 군 복무를 했다고 거짓말했다. 군 훈련소에서 소총으로 사격을 해 봤었기에 완전히 거짓말을 한 건 아니었다. 경찰은 그러면 권총은 충분히 쏠 수 있겠다고 했다. 나는 경찰의 말에 오히려 당혹스러웠다. 경찰을 만나러 오기 전에는 총을 주기만 하면 당장 축구장으로 달려가 부장의 가슴을 향해 방아쇠를 당길 수 있을 거 같았는데 경찰이 그렇게 말하자 뭐야? 하는 생각이 들었다. 나는 경찰에게서 조금 떨어져 앉았다. 다시 중학교 때 의자를 들었던 나로 되돌아가기로 했는데 이번에는 포기해야 할 거 같았다. 경찰에게 농담이었어요! 하고 자리에서 일어났다.

그때 축구장 쪽에서 나를 부르는 소리가 들려왔다. 회사 직원 누군가가 나를 찾으러 오는 거 같았다. 약품 상자를 들고 고 대리에게 가야 한다는 사실이 떠올랐다. 또 부장의 화난 목소리까지 들리는 거 같았다. 그러나 별수 없이 경찰에게 내 이야기를 들어줘서 고맙다고 인사를 하고 돌아섰다. 그런데 잠시 누그러졌던 마음이 사라지면서 다시 독기가 올라오기 시작했다. 그래선지 다시 경찰의 권총이 놓여 있는 테이블 위를 쳐다봤다. 권총은 이미 치워지고 없었다. 비로소 경찰의 총은 내 손에 쥘 수 없는 물건이란 걸 생각하면서 그 자리에서 벗어났다.

나는 약품 상자를 들고 축구장으로 가면서 내 처지를 돌아봤다. 승리욕이 바짝 달아오른 부장에게서 벗어날 수 없었다. 쳇, 피할 수 없으면 즐기라고. 내가 축구를 피할 수 없는 건 분명했다. 그러나 즐기긴 싫었다. 부장에게 맞설 힘도 없었다. 그렇다고 부장의 욕심에 따라 움직이는 사람은 되고 싶지 않았다. 내가 이러면 어떤 사람들은 회사를 그만두면 되지, 하고 밀할 디었다. 그런데 부장에게 떠밀려 회사를 내 발로 걸어 나오는 건 죽기보다 싫었다. 그리고 부장이 축구하자고 선동하면 앞에서는 따라서 선동하고 뒤에서 부장을 험담하는 선배들처럼 회사 생활하기도 싫었다. 나는 뭔가 세련된 방법으로 부장을 대해야 할 거 같았다. 그런데 방법이 쉽게 떠오르지 않았다. 그러면서 축구장에 도착했다.

약품 상자를 전 과장에게 건네주자 부장이 나를 다급하게 불렀다. 나는 그를 쳐다보았다. 그는 나에게 축구장 안으로 들어오라고 손짓했다. 내가 없는 동안에도 경기는 하고 있었던 거였다. 지금 상대 팀은 코너킥을 얻은 상태였다. 상대 수비수까지 우리 골대로 올라와 슈팅 기회를 엿보고 있었다. 그리고 부장까지 우리 골대 근처에 내려와 상대 선수와 몸싸움을 벌이고 있었다. 나는 그런 부장을 보면서 인터넷으로 검색할 때 봤던 축구 기술 하나가 떠올렸다. 머리로 공을 다루는 헤더였다. 나는 뭔가 대단한 발견을 한 기분이 들었다. 나도 모르게 중얼거리기 시작했다. '헤더로 공만 다루라는 법은 없잖아!' 내가 우리 골대 근처에 들어갔을 때 마침 상대 선수도 코너에서 골대를 향해 공을 올렸다. 부장이 공을 헤더로 막아내려고 높이 뛰어올랐다. 나는 공이 아니라 부장의 얼굴을 향해 머리를 들이댔다. 공을 막기 위해 헤더를 했을 뿐이라고 말하면 되는 거였다. 늘 말이 대단한 세상이니까.

나만의 축제

스피커에서 파도 소리와 함께 팬플루트 연주곡 '고독한 양치기'가 흘러나오고 있었다. 나를 위로해 주는 음악 같았다. 내무반 밖으로 나가 하늘을 올려다보았다. 비가 완전히 그친 듯했다. 그렇다면 이제 나만의 축제를 할 수 있었다.

기상 음악에 눈을 떴다. 스피커에서 파도 소리와 함께 팬플루트 연주곡 '고독한 양치기'가 흘러나오고 있었다. 나를 위로해 주는 음악 같았다. 내무반 밖으로 나가 하늘을 올려다보았다. 비가 완전히 그친 듯했다. 그렇다면 이제 나만의 축제를 할 수 있었다. 나는 하늘을 향해 두 손을 모았다. 예정대로 사격훈련은 할 수 있게 해 주어서 고맙다고, 또한 축제를 성대하게 끝낼 수 있게 해달라고. 사실, 사흘 내내 비가 쏟아져 걱정이 되었었다. 게다가 나만의 축제에 제물이 될 녀석이 배탈이 났는지 힘없이 화장실을 들락거려 동정심도 일었었다. 그러나 나는 녀석이 여자와 카톡을 주고받으며 키득거리는 걸 본

순간 약한 마음을 떨쳐 버렸다. 녀석을 향한 분노를 끌어올리기 위해 연병장을 달리며 마음을 다잡았다. 그리고 취침 점호 시간에 나 자신을 응원했다. 어떤 일이 있어도 나만의 축제를 성대하게 끝내야 한다고. 나만의 축제의 단상에 올려 질 제물은 꽤 알려진 대학의 경영학과를 다니다가 군에 온 녀석으로 나와 같은 고등학교에 다닌 적이 있는 서창수였다.

보름 전, 소대장이 행정반으로 불렀다.
"강 이병, 집으로 가 봐야 할 거 같아!"
대체 무슨 소리인지 알지 못해 나는 소대장을 멀뚱히 쳐다봤다.
"강 이병, 자네 아버님이 사고……"
소대장 말을 듣고 아버지의 빨간색 '씨티100'이 반 토막 나버린 걸 알았다. 오토바이가 반 토막 났으니까 아버지는 말할 것도 없었다. 아버지는 신문 배달부였다. 집배원들이 타는 빨간색 씨티100을 타고 동네에 신문을 돌렸다. 새벽 두 시에 집을 나가서 여섯 시에 들어와 내 밥을 차려놓고 잠을 잤다. 열한 시쯤 일어나 텃밭에서 제철 채소를 가꾸고, 오후에 다시 신문보급소로 나가 석간신문을 돌렸다. 스님처럼 저녁 아홉 시에 잠자리에 들었다. 씨티100이 반 토막 났다는 말을 들었을 때 눈물은 흐르지 않았다. 실감도 나지 않았다. 중대장은 자기 차로 버스터미널까지 태워다 주었다. 한자로 부의(賻儀)라고 쓴 봉투를 내밀었다. 얼마 되지 않지만, 중대원들의 마음을 모은 거라고 했다. 역시 모든 것은 실감 나지 않았다. 강원도에서 고향으로 가기 위해 버스를 타고, KTX로 갈아탄 뒤 또 버스를 타면서도 아버지의 죽음을 믿을 수 없었다. 내가 보고 싶어서 아버지가 거짓말한 거 같았다.

장례식장 주차장으로 들어섰을 때 신문보급소장의 쑥색 씨티100과 신문 배달부들의 씨티100이 여러 대 보였다. 그제야 아버지에게 진짜 일이 생긴 거 같았다. 아버지의 빈소가 차려질 방으로 들어갔다. 조끼에 작업모를 눌러쓴 신문보급소장과 신문배달원들의 모습이 보였다. 내가 안으로 들어설 때 마침 배달원들은 석간신문을 돌릴 시간이었다. 그들은 우르르 몰려 나갔다. 그들이 사라지고 나와 소장 둘만 남게 되었다. 소장은 상주가 올 때까지 기다렸다고 하면서 장례식장 직원에게 내가 온 사실을 알렸다. 장례 지도사가 나에게 왔다. 가족이라고 해 봐야 나 하나뿐이었다. 장례 절차는 최대한 간소하게 해 달라고 했다. 보급소장이 그래도 자신과 직원들이 장례까지는 치러주기로 했다면서 삼일장을 하는 게 고인에 대한 예의라고 나를 말렸다.

영정 사진에도 아버지는 작업모를 쓰고 조끼를 입고 있었다. 사진 속 아버지는 "어서 논 사서 내 손으로 농사지은 쌀로 밥해 먹고 살아야 할 텐데."하고 말하며 허공을 바라볼 것만 같았다. 결국, 아버지는 소원을 이루지 못하고 떠나 버렸다. 마음 한 곳이 아팠고, 한편으로 분했다. 게다가 빈소마저 쓸쓸해 울적했다. 내가 고등학교를 그만두지 않고 대학에 갔더라면 오늘 같은 날 고등학교, 대학교 친구들이라도 있었을 것이다. 아버지의 마지막 길까지도 외롭게 했다는 생각에 비로소 눈물이 흘렀다.

소장은 빈소 밖에서 안주 접시 하나 놓고 소주를 홀짝거렸다. 술기운이 오르자 영정 사진을 보면서 이놈아, 너는 참 외로운 놈이야, 향불 꺼져도 피워 주는 놈이 없네, 하면서 다시 향에 불을 붙여 향로에 꽂았다. 아버지 이름을 부르며 아들 하나만 떨궈 놓고 간 나쁜 놈아, 하고 욕을 했다. 저녁에 석간신문 배달을 끝낸 배달원들이 찾아왔다. 그러나 그들도 새벽에 일어나 조간신문을 돌려야 했기에 술 한잔 마음 놓고 마시지 못했다. 그들은 열 시 무렵 자리에서 일어났다. 그러니 그들은 평소보다 한 시간 반 늦게 잠자리에 들 것이었다. 그들은 술에 취한 소장을 부축해 빈소를 나섰다. 사람들을 배웅하고 돌아서려는데 저 멀리 검정 투피스 차림의 여자가 잠시 눈에 들어왔다. 하지만 무심히 지나쳤다.

  이제 나 혼자 아버지 빈소를 지켜야 했다. 이럴 줄 알고 장례 절차를 간소하게 하려고 했는데, 남은 시간을 홀로 견뎌내야 할 걸 생각하니 한숨이 절로 나왔다. 그런데 어디선가 내 이름을 부르는 소리가 들렸다. 고개를 돌리자 검정 투피스 여자가 보였다. 여자를 자세히 살펴보았다. 한때 나와 고등학교를 같이 다녔던 은미였다. 문득 그녀의 머리카락에서 나던 샴푸 냄새도 기억났다. 아버지를 잃은 슬픔과 은미를 만난 설렘이 뒤섞이며 기분이 묘했다.

  좁은 동네에서 아버지의 사고 소식은 금방 퍼질 일이었다. 그런데 은미가 왜 왔지? 은미와 인연이라면 한 달 정도 같은 모둠 활동을 한 게 전부였다. 실용 국어 시간에 담당 교사가 동네 간판과 이정표에 나온 외래어를 조사하고 그것을 한글로 바꾸어 보는 모둠 숙제를 냈다. 모둠은 네 명으로 발표, 기록, 조사, 보고서 만들기까지 각자의 역할이 정해져 있었다. 조사한 자료를 중심으로 보고서를 만들어 발표해야 했다.

모둠장부터 뽑았다. 학교생활기록부의 교과 세부능력 및 특기 사항란에 좋은 기록이 남길 원하는 여학생들이 모둠장으로 지원했다. 그런데 어찌 된 일인지 모둠장들은 나를 자기 모둠으로 서로 데려가려고 했다. 인기 많은 은미가 다른 모둠장을 물리치고 자기 모둠으로 나를 데리고 갔다. 우리 모둠원이 모였을 때, 은미는 내가 동네 지리를 제일 잘 알아서 뽑았다고 했다. 그 말은 '네 아버지와 너는 동네 신문 배달하러 다녀서 모르는 곳이 없잖아.' 하는 소리로 들렸다.

　은미는 나를 최고의 조사자라고 봤던 거였다. 내가 아버지를 도와 신문 배달하면서 동네 지리를 훤히 꿰뚫고 있다고. 게다가 교지 편집부 활동도 이 년째 하고 있어서 보고서 만드는 데 도움이 된다고. 어쨌든 은미는 21세기에 필요한 정보 활용 능력을 제대로 발휘했다. 막상 모둠 활동이 시작되자 은미는 나에게 눈길 한 번 주지 않았다. 너는 네 아버지 씨티100을 타고 동네 간판 사진만 찍어서 오면 돼, 하고 딱 한 마디 했다. 다른 모둠장들은 은미를 부러운 눈길로 쳐다보면서 조사하는 게 제일 힘든 일인데, 하고 말했다. 창수도 우리 모둠 쪽으로 고개를 돌리고 은미의 행동 하나하나를 유심히 살폈다. 나는 그런 창수의 모습이 정말 재수 없었다.

창수는 얼굴 두께가 남다른 녀석이었다. 중학생 때부터 이성에 집착하는 창수의 모습은 또래와 확실히 달랐다. 중학교 이학년 때에도 여고생의 곁을 맴돌기 시작했다. 여고생은 처음에 사귀자고 매달리는 창수에게 어린 게 겁도 없이, 하는 정도로 대했다. 그러나 창수는 여고생 교실까지 가서 사귀자고 졸라대기 시작했다. 그런 모습을 본 남고생들은 창수를 같잖게 여기며 꿀밤을 먹이기도 했다. 창수는 헤헤거리면서 남고생들의 비위를 맞췄다. 교내 순찰하는 고등학교 학생부 교사들에게 적발되어 야단을 맞기도 했다. 그래도 창수는 포기하지 않았다. 결국, 여고생 손을 잡고 고등학교 축제에 갔다.

창수는 고등학생이 되어도 변함이 없었다. 내 옆자리 여학생 책상에 어느 날부터 스타벅스 텀블러가 놓였다. 창수가 매일 스타벅스 메뉴를 바꿔 가면서 여학생 마음을 사려고 한 거였다. 봄이 끝나갈 때 창수는 그 여학생의 손을 잡고 자습실에서 앉아 있었다. 손을 잡고 얼굴을 마주 보고 소곤거렸다. 내가 옆에 있어도 그랬다. 자습 감독하는 교사가 주의하라고 경고하면 의자 끄는 소리를 거칠게 내고 여학생과 밖으로 나갔다. 교사가 어디 가느냐고 물으면 교실에 두고 온 책을 가지러 간다고 둘러댔다. 둘은 불 꺼진 빈 교실로 갔다. 한 시간 반 분량의 인터넷 강의를 다 들을 때까지 나타나지 않았다. 자습 끝날 시간쯤 자리로 돌아왔다. 여학생은 가방에서 틴트를 꺼내 입술에 발랐다.

  자습 감독하는 교사들이 불 꺼진 교실 주위로 종종 돌아다녔다. 창수가 그것을 모를 리 없었다. 여학생을 안고 키스하면서도 교사가 오는지 충분히 살폈다. 간혹 둘이 교실에 있다가 발견되기도 했는데 그래도 창수는 당황하지 않았다. 자신이 교실에 있는 이유를 잘 둘러댔다. 자습하다가 교실에 책 가지러 왔다고. 여학생도 곁에서 거들었다. 자기 혼자 오는 게 무서워서 창수보고 같이 오자 했다고. 어색한 장면을 벗어난 창수는 자습실로 돌아와 내 옆에서 여학생에게 으스대듯 중얼거렸다. "멍청한 교사들."

  내가 볼 때는 교사들이 일부러 멍청하게 구는 거 같았다. 교사들은 지역 유지인 창수 아버지를 의식하고 있었다. 창수 아버지는 화가였다. 작품이 꽤 비싸게 팔리는 모양이었다. 그의 화실은 면 지역에 있었지만 내로라하는 사람들이 작품을 사기 위해 모여들었다. 그것도 모르고 정의롭게 굴었던 교사가 하나 있었다. 창수는 고등학교 일학년 때 반장을 했는데, 자기가 할 학급회의 진행, 체육대회 준비, 전체 학생자치회의 참가 따위는 부반장에게 미루고 뺀질거렸다. 담임도 몇 번을 참다가 그만 화가 나 조회 시간에 "창수, 반장 제대로 하지 않으면 반장 선거 다시 한다."하고 고함을 지르고 말았다. 창수가 가만히 있을 리 없었다. 휴대전화기로 엄마에게 전화했다. 창수 어머니가 당장 찾아왔다. 멍청하게 굴지 않았던 담임은 창수 엄마에게 "교사님, 학생들이 뽑은 반장을 멋대로 바꿀 수 있나요?"하는 소리를 들었다. 그 교사가 할 수 있는 일은 고개만 숙이고 있는 거였다. 창수 엄마는 다른 학생들 있는 데서 창수의 인격을 침해한 행동은 도저히 참을 수 없다고 쏘아붙였다.

어쨌든 그런 인간인 창수가 실용 국어 시간에 은미 옆에 앉은 나를 노려보았다. 은미 옆자리는 자기가 앉아야 하는데 내가 앉아 있어서 짜증 난다는 눈빛 같았다. 은미는 창수가 자기를 보는 걸 알고는 "밥맛 없어!"하고 비웃었다. 나는 난데없이 둘의 감정싸움을 지켜보는 자리에 앉은 거 같아 불편했다. 그렇게 모둠학습을 하던 어느 날이었다. 은미는 내가 휴대전화로 찍어 온 간판 사진을 보다가 내 갤러리의 앨범까지 뒤졌고 내 어릴 적 사진을 봤다. 빨간색 씨티100 안장에 앉아서 핸들을 잡은 사진이었다. 다음 사진으로 넘어갔는데 아버지가 나를 안고 씨티100 옆에 서 있는 모습이 나왔다. 그때 은미가

"엄마 사진은 없니?"하고 물었다.

엄마? 나는 잠시 어릴 적을 떠올려 보았다. 유치원 갈 무렵의 일은 기억났다. 그러나 엄마는 기억나지 않았다. 유치원 첫날에 나는 아버지의 손을 잡고 갔었다. 아버지는 엄마 이야기를 하지 않았다. 나도 엄마 이야기를 묻지 않았다. 은미의 말에 대꾸는 해야 할 거 같아 준비하고 있었다. 그런데 은미는 궁금한 표정을 지으며 너네, 밥은 어떻게 해서 먹느냐고 물었다. 나는 집에서 아버지가 밥하는 모습을 떠올리며 말하기 시작했다. "우리 아버지는 아직 논이 없어서 쌀을 사 먹는 걸 억울해해. 그래도 마당 옆 텃밭에서 난 부추, 열무, 배추, 무로 반찬 해서 먹어." 나는 더듬거리면서 사뭇 진지하게 말했다. 그런데 은미는 귀담아듣지 않았다. 오히려 나를 약간 애처롭게 쳐다보면서 너네, 외식도 가끔 해? 하고 물었다.

나는 대답 대신 보육원 출신인 아버지가 씨티100에 나를 태우고 동네 자영고등학교 근처를 지날 때 나에게 해 준 이야기를 떠올렸다. 아버지가 다닐 때는 농업고등학교였는데 원예, 과수, 가금, 중소가축, 대가축 교과서를 읽는 게 재밌었고, 실습생으로 뽑혀 보육원을 나와 기숙사에서 생활하면서 가축들을 돌보던 그때가 아무리 생각해도 인생의 전성기였다고.

그러고는 나도 농사짓는 부모가 있었다면 신문 배달 대신 농부로 살았을 거라고 하면서 껄껄 웃었다. 나는 아버지가 "어서 돈 모아서 논 사고, 내 손으로 농사지은 쌀로 밥해 먹고 살아야 할 텐데." 하고 잠시 허공을 바라볼 때 마음이 아팠다.

너네, 외식도 가끔 해? 하고 물었던 얼마 뒤, 은미가 나를 불렀다. 눈을 동그랗게 뜨고 은미를 쳐다봤다. 은미는 그냥 따라오면 돼, 하면서 앞장서 걸었다. 학교 근처 맘스터치로 나를 데리고 갔다. 그때 은미의 얼굴을 처음 마주 보고 앉았다. 입가가 위로 당겨지며 하얀 이가 드러나는 게 은근히 매력 있었다. 은미는 치킨, 햄, 달걀이 푸짐하게 들어간 햄버거와 콜라를 주문했다. 그것들이 나오자 들고 먹기 좋게 포장지까지 접어서 내 앞으로 밀어주었다. 속으로 은미가 조사는 잘 돼가는지 물어볼 줄 알았다. 그런데 엄마 이야기만 자꾸 물었다. 나에게 관심을 보이는 게 싫지 않았다. 그러나 은미가 듣고 싶어 하는 답을 해 줄 게 없었다. 그런 사정도 모르고 은미는 말을 자꾸 시켰다. 그때 나는 열여덟 살이었고, 나에게 관심을 보여주는 은미에게 묘한 감정이 들었다. 은미가 고개를 움직일 때마다 머리카락이 찰랑거리면서 샴푸 냄새가 코끝으로 날아오는데 기분이 야릇했다.

그런데 웬일로 창수가 맘스터치에 나타났다. 둘이 있는 모습을 보고 들어온 느낌이 강하게 들었다. 창수는 은미 옆으로 다가와 의자를 쭉 빼고 앉았다. 은미는 불쾌한 표정을 지었다. 창수는 둘이 사귀는 사이냐고 이죽거렸다. 창수 입에다 주먹을 한 방 먹이고 싶었다. 녀석쯤이야, 충분히 이길 수 있었다. 초등학교 3학년부터 아버지를 따라다니며 신문 배달을 했다. 아파트 공동현관 입구에 씨티100을 세우고 신문을 들고 계단을 오르내렸다. 다리 근육이 단단해졌다. 그래선지 초등학교 운동회 릴레이 선수로 뽑히기도 했었다. 중학교 때까지 태권도장에서 운동하면서 특히 겨루기에서 진 기억이 별로 없었다.

그러나 창수를 때리면 곤란한 일이 생길 수 있었다. 창수는 나에게 맞았다고 학생부에 신고부터 할 녀석이었다. 그러면 학교에서 아버지를 부를 거였다. 아버지는 학교로 불려 오면 신문 배달을 제때 못하고 구독자들은 신문 늦었다고 전화해 댈 거였다. 게다가 학교로 불려 온 아버지는 주눅 든 표정으로 교사들과 창수 아버지 앞에서 최대한 비굴하게 사과할 거였다. 창수가 내 걱정거리를 없애주듯이 은미하고 할 이야기가 있는데 나가줄 수 있느냐고 물었다. 나는 물론 그렇게 해 주었다. 은미가 자리에서 일어서는 나를 노려보았다. 은미의 마음을 모르지 않았다. 창수는 내 처지를 잘 알았다. 내가 학교생활을 하면서 친구들과 의견이 맞설 때 처음에만 대응하다가 갈등이 심해지면 한 발 빼고 물러나는 걸. 아니, 창수뿐만 아니라 동기들은 다 알았다.

그러나 나도 은미와 사귀고 있었다면 창수의 부탁에 순순히 물러나지 않았을 거였다. 맘스터치 출입구를 나설 때 은미의 고함이 들렸다. "난, 너 분명히 싫다고 했잖아." 은미가 탁자 위에 내가 먹다 남긴 햄버거와 콜라를 플라스틱 쟁반에 후다닥 담아 쓰레기통으로 버리는 모습이 보였다. 그때 나는 진짜 갈등했다. 다시 은미 곁으로 달려가 손목을 잡고 나가자고 말하고 싶었다. 그러나 그것도 잠시였다. 나는 등을 보이고 맘스터치 밖으로 나오고 말았다. 힘없이 걸어가는데 등 뒤에서 샴푸 냄새가 나기 시작했다. 은미가 내 등 뒤로 바짝 따라오고 있었다. 내 등을 '탁' 치면서 "진짜, 실망이야."하고 휙 지나가 버렸다. 바람결에 찰랑거리는 은미의 머리카락만 바라보면서 나는 숨을 크게 들이마셨다.

얼마 뒤 은미가 진짜 나에게 실망할 일이 일어나 버렸다. 장미꽃이 필 무렵 은미가 심각한 표정으로 교실에 나타났다. 배드민턴 수행평가 시간은 다 돼가는데 체육복이 사라졌다고, 파랑 바지가 보이지 않는다면서 교실 주위를 두리번거렸다. 친구가 집에 두고 온 거 아니냐고 묻자 분명히 가져왔는데 보이지 않는다고 답답해했다. 그러면서도 체육복은 빌려 입지는 않으려고 했다. 결국, 은미는 상의만 체육복을 입고 치마를 입은 채 체육관에 나타났다. 은미를 귀엽게 봐 온 학생부장을 맡은 체육 교사는 울상으로 나타난 은미에게 무슨 일이 있었는지 물었다. 은미는 심각한 표정으로 체육 교사에게 교실에서 있었던 이야기를 했다.

은미의 수행평가가 시작됐다. 하이클리어를 스무 번 하면 만점을 얻을 수 있었다. 치마를 입고 셔틀콕이 상대편 코트 끝으로 높게 날아가 정점에서 기의 수직으로 떨어질 수 있도록 치는 하이클리어 기술을 하기는 어려웠다. 은미는 두 번 정도 하이클리어를 하고 울상을 지으며 포기했다. 그런 모습을 본 체육 교사는 반장을 불렀다. 너희 반, 오늘 특별실로 간 적이 있느냐고 물었다. 반장은 없다고 했다. 체육 교사는 점심시간에 누가 훔쳐 간 모양인데, 하면서 여러 가지 상황을 추리해 보는 것 같았다. 수업이 끝날 때까지 은미의 표정은 밝아지지 않았다. 은미는 어릴 적 배드민턴 개인지도를 받아 수업 시간에 시범을 보이기도 했었다. 체육 성적은 내신 성적에 반영되지 않지만 모든 일에 애착이 많아 자기 실력을 발휘하지 못해 안타까워하는 거 같았다.

종례 시간에 교사 셋이 들어왔다. 담임과 체육 교사 둘이었다. 남자 체육 교사가 담임을 옆에 두고 도난 사건이 발생해 소지품 검사를 한다고 말했다. 여학생 가방은 여자 체육 교사가 살필 거라고 했다. 가방의 지퍼를 열고 기다리라고 했다. 가방에 담배를 넣어둔 녀석들의 얼굴이 굳어졌다. 체육 교사가 가방에 넣어 둔 담배를 발견하면 해당 학생의 이름을 적었다. 그러고는 소지품 검사가 끝난 뒤 따로 부르겠다고 했다. 체육 교사가 내 쪽으로 다가왔다. 깨끗하게 정리된 내 가방을 보고 역시, 하면서 웃어 주었다. 가방 검사가 끝났다. 그러나 은미의 체육복은 발견되지 않았다. 체육 교사는 책상 서랍에 든 물건까지 책상 위에 전부 올리게 했다. 역시 은미 체육복은 없었다. 그쯤에서 나는 생각했다. 교사 세 명이 찾아도 보이지 않는 걸 보면서 은미가 체육복을 갖고 오지 않은 게 맞다고.

체육 교사가 교탁 앞에 다시 섰다. 모두 일어서, 하고 말했다. 반 학생들은 바로 일어서지 않았다. 그러자 체육 교사는 사물함으로 모두 나가, 하고 소리를 크게 질렀다. 사물함에 담배를 넣어 둔 녀석들의 표정이 굳어졌다. 사물함 쪽으로 가는 걸 꾸물거리자 체육 교사는 빨리 안 나가! 하고 다그쳤다. 나는 담배를 피우지 않았다. 사물함에는 책 몇 권과 칫솔과 치약이 전부였다. 시범이라도 보이듯 자리에서 일어나 사물함으로 다가가 문을 열었다. 순간 정말 미칠 거 같았다. 파랑 체육복 바지가 보였다. 반사적으로 문을 닫아 버렸다. 세게 닫았는지 쇠끼리 부딪치는 소리가 교실 안에 울렸다. 체육 교사는 무슨 일이야! 하고 고함을 지르면서 내 사물함으로 달려왔다. 나는 사물함 손잡이를 꼭 붙들고 놓지 않았다. 체육 교사는 내 손가락을 하나하나 풀어나갔다. 새끼손가락까지 풀렸을 때 바닥에 주저앉고 말았다.

체육 교사는 파랑 체육복 바지를 꺼냈다. 바짓단에 노란색 실로 새겨진 윤은미를 한 자 한 자 읽었다. 게다가 바지는 칼로 가랑이 부분을 그어 찢은 흔적이 있었다. 체육 교사의 얼굴이 일그러졌다. "이 자식 그렇게 안 봤는데, 형편없는 짓이나 하고!" 하면서 체육복을 들고 앞장섰다. 교실에 있던 모두의 시선이 나에게 쏠렸다. 나는 은미와 눈이 마주치는 일이 없길 빌었다. 은미는 고개를 숙이고 손으로 얼굴을 가리고 있었다. 뒷자리에 앉아 있는 창수를 슬쩍 쳐다보았다. 허리를 꼿꼿이

펴고 손가락으로 볼펜을 돌리면서 나와 은미를 번갈아 살폈다. 담임도 그렇게 안 봤는데, 하는 표정으로 나를 쳐다볼 뿐이었다.

교실에서 학생부까지 갈 때 아버지가 신문을 배달한 뒤 불만 전화가 걸려 오는 장면을 떠올렸다. 누군가 신문을 집어 간 상황이었다. 구독자는 이런 식으로 배달하면 앞으로 신문을 안 보겠다고 화를 냈다. 그러면 아버지는 스무 마디 정도 해가면서 구독자를 달랬다. 학생부 교사가 한마디 하면 나는 스무 마디 정도 변명해야 하는 처지가 되고 말았다. 역시 그랬다. 체육 교사는 "왜? 은미 체육복을 찢었어?" 하면서 나를 범인으로 몰았다. 나는 그날 아침부터 점심시간 체육 시간 전까지 누구와 있었는지 스무 마디 넘게 대답했다. 체육 교사는 내 말을 자르면서 "어쨌든 네, 사물함에서 체육복이 나온 건 사실이잖아!" 아쉽게도 교실에는 CCTV가 없었다. 내가 결백하다는 사실을 증명할 길은 없었다. 체육 교사는 나에게 사건 경위서를 내밀었다. 학번과 이름을 쓴 뒤 나는 체육복을 훔치지 않았습니다. 내 사물함에 왜 체육복이 있는지 모르겠습니다. 딱 두 줄만 썼다. 체육 교사는 경위서를 보면서 "이 자식 진짜 그렇게 안 봤는데." 하면서 믿을 수 없다는 표정을 지었다. 교장에게 보고한 뒤 선도위원회를 열 것이라고 말했다.

 학교에서 아버지를 부를 거였다. 아버지는 학교에 오면 주눅 든 표정으로 교사들에게 비굴하게 사과부터 해댈 거였다. 전화만 오면 신문 끊겠다는 전화라고 여겨서 마음부터 졸이는 사람이었다. 실제로 신문 끊겠다는 전화면 무료로 몇 개월 더 넣어주겠다고 통사정했다. 평생 을의 삶만 살아서 그런지 누구에게나 갑을 대하듯 쩔쩔매는 아버지였다. 나는 그런 아버지가 싫었다. 아버지가 무슨 근거로 우리 아들의 선도위원회를 여는데, 하고 따지는 모습은 아예 상상조차 할 수 없었다. 어릴 적에는 몰랐다. 갑과 을의 삶이 무엇인지를. 아버지의 빨간 씨티100 뒷자리에 앉아 다닐 적에 또래 아이들이 나를 보는 게 그렇게 신이 났었다. 그런데 철이 들면서 을의 삶의 사는 아버지의 운명이 원망스럽기만 했었다. 어쨌든 나는 아버지가 나로 인해 학교에 나와 비굴하게 구는 걸 보고 싶지 않았다. 그랬기에 더는 학교에 나가지 않았다.

 은미는 어색해하는 나에게 아버지 영정에 절부터 하겠다고 했다. 무릎을 꿇고 내가 따라주는 술을 잔에 받았다. 향불 위로 잔을 세 번 돌리고 아버지에게 올렸다. 절을 두 번 했고, 나와 다시 절을 했다. 은미가 흐느끼는 것 같았다. 빈소 밖으로 나가 상 앞에 앉은 뒤에도 고개를 들지 않았다. 내가 가서 마주 보고 앉았을 때 고개를 들었다. 눈가에 얼룩이 보였다. 은미는 가방에서 손수건을 꺼내 눈가를 닦고 소주병 마개를 땄다. 나는 은미의 잔에 소주를 따랐다. 은미는 한 잔 마시고 자기가 부어서 한 잔 더 마셨다. 나도 보조를 맞춰야 할 거 같아 연거푸 두 잔 마셨다. 은미는 이제 됐다는 표정을 지으며 내 얼굴을 똑바로 바라보고 말했다. 먼저 안타까운데 그래도 널 보니까 반갑다고, 네가 군대 간 거 알고 있었다고, 자신은 경찰행정학과 사학년이라고, 얼마 전 경찰 시험에 합격했다고, 경찰종합학교 입학이 얼마 남지 않아서 집에 들렀다가 네 아버지 소식을 들었다고. 거기까지 말을 끝낸 뒤 은미는 소주를 한 잔 더 마셨다. 금세 소주 한 병이 다 비워졌다.

냉장고에서 한 병 더 꺼내왔다. 이번에는 내가 먼저 마셨다. 나의 말이 시작됐다. 아버지 떠난 게 한편으로 홀가분하다고, 아버지 혼자 남겨두고 고향 떠나기 그랬는데 군대 전역하면 여길 꼭 떠날 거라고. 거기까지 말하자 할 말이 없었다. 고등학교 그만둔 뒤 아버지 따라 신문 돌리다가 군대에 가 버렸다. 이야깃거리가 없는 게 당연했다. 은미는 나를 한심한 눈빛으로 쳐다보면서 다시 말했다. 너, 정말 나에게 할 말이 없었느냐고, 체육복 사건이 있었을 때도 네가 그러지 않았을 거라 믿었다고, 억울한 건 너였는데 왜 학교를 떠났느냐고, 너를 만나 꼭 해 줄 이야기가 있었다고, 이 말을 하지 않으면 자기는 경찰이 될 수 없다고. 은미 표정으로 봐서 다른 감정은 없는 거 같았다. 둘이 사귄 것도 아니고 체육복 사건이 있던 날부터 나는 학교에 나가지 않았기에 정이 들 것도 없었다. 은미는 내 눈을 바라보며 이야기 들을 준비가 됐는지 물었다. 은미의 눈을 바라보면서 고개를 끄덕였다.

  은미도 고개를 끄덕였다. 내 체육복 바지를 네 사물함에 넣어둔 사람이 누굴까? 은미가 질문했다. 나는 모른다고 고개를 흔들었나. 은미가 "창수"하고 큰소리를 냈다. 나는 빈소가 떠나가도록 "창수?"하고 되물었다. "그래, 창수!"하고 은미가 나지막하게 대답했다. 술이 확 깨면서 걷잡을 수 없는 분노가 치솟았다. 지금 여기 창수가 있다면 끔찍한 일을 저질러도 죄책감 하나 들지 않을 거 같았다. 다른 사람들하고 의견이 맞설 때 처음에 대응하다가 갈등이 심해지면 아버지를 의식하고 한 발 빼고 물러나던 옛날의 내가 사라진 거 같았다. 이제 아버지가 없었다. 그야말로 나에게는 걸릴 게 전혀 없어져 버렸다.

나는 다음 날 저녁, 창수 휴대전화기로 전화를 걸었다. 내 이야기 들었느냐고. 창수는 소대장에게 들었다고 했다. 나는 다시 말했다. 이전의 내가 아니라고, 갈등이 심해지면 한 걸음 물러나던 내가 아닌 걸 알고 대답하라고 엄포를 놓으며 물었다. "은미 체육복을 네가 내 사물함에 넣었다며?" 녀석은 대답하지 못했다. 나는 네깟 녀석이 치사하게 굴어도 다른 사람들의 소중한 것을 지켜주기 위해 더러워도 참았던 거라고 빈정거렸다. 녀석은 여전히 말이 없었다. 나는 부대에 복귀하면 널 가만두지 않겠다고 단호하게 말했다. 그러자 창수는 뭔가 오해가 있는 거 같은데 하면서 복귀해서 조용히 이야기하자고 떨리는 목소리로 중얼러렸다. 그런다고 속을 내가 아니었다.

나는 휴가 전부터 야간 사격훈련이 있는 걸 알고 있었다. 그때 창수를 제물 삼아 나만의 축제를 열면 될 거 같았다. 어쨌든 부대로 복귀했을 때 창수는 내 눈을 피했다. 다른 선임들도 내가 아버지를 잃은 충격으로 눈빛이 변한 걸 느끼는 거 같았다. 나는 일과가 끝난 뒤 휴대전화기를 되돌려받는 시간이 되면 내무반에서 창수에게 전화를 해 온갖 욕을 퍼부었다. 분명 선임들도 내가 창수에게 하는 말을 들었는데도 참견하지 않왔다. 남의 일에 끼어들었다 곤란한 일 당할까 봐 몸을 사리는 것이었다. 어느날 나는 전화기에 대고 내무반 밖으로 나오라고 크게 외쳤다. 그 소리가 내무반 안으로 들렸을 텐데도 선임들은 이번에도 모르는 척했다. 선임들의 슬기로운 군대 생활이 고맙기만 했다. 창수가 나왔을 때 네가 뭘 잘못했는지 아느냐고 물었다. 내가 그렇게 해댄 지 사흘째 창수의 뺀질거리는 눈빛은 사라졌다. 나흘이 되자 내무반 밖으로 나오면 미안하다고 사과하기 시작했다. 그렇다고 물러설 마음은 없었다. 내 뜻대로 하고 나면 나와 아버지의 운명에 대해 보상받는 기분이 들 거 같아 더 멈출 수 없었다.

드디어 일과가 시작되었다. 소대장은 오늘 계획을 전했다. 오전과 오후에는 헬기 레펠장 옆에 장마로 무너진 축대 벽의 보수 작업을 하고, 밤에는 예정대로 사격훈련을 한다고. 사격이라는 말을 듣자 절로 미소가 지어졌다. 강원도의 서늘한 여름밤, 소대원들은 어둠 속에서 사격 발사 명령을 기다릴 것이었다. 그리고 나는 나만의 축제를 열 것이었다. 소대장이 어둠 속 표지판을 확인하라고 조명탄을 폭죽처럼 쏘아댈 때 내 축제는 시작될 거였다. 나는 벌겋게 터지는 조명탄 아래서 내가 벌이는 축제를 지켜볼 소대원들을 둘러보았다.

  소대장은 정문 근무자만 남겨두고 소대원을 데리고 레펠장으로 향했다. 나는 이동하는 중에도 창수의 상태를 확인하는 걸 잊지 않았다. 창수는 걸으면서도 나를 의식했다. 나는 나의 축제를 정당화시키기 위해 생각했다. 그와 그의 아버지는 배려하는 삶은 살지 않았다. 자기 하고 싶은 대로만 살았다. 어찌 보면 남들을 짓밟고 사는 거였다. 그들은 정부의 지원까지 받아 화실을 짓고 축복받은 운명처럼 우아하게 살았고, 나와 아버지는 참고 또 참으며 살았다. 한마디로 빌어먹게 살았다. 그렇게 사는 게 당연한 줄 알았다. 체육복 사건이 터졌을 때 학교에 가지 않고 버틴 게 그때까지 내가 해본 유일한 반항이었다. 창수 엄마가 학교로 쳐들어와 담임에게 항의하는 것처럼 나도 국민신문고에 내 억울한 사정을 알리고, 교육청에 민원 올리고, 아니면 방송국에 알렸어야 했다. 그러나 그때는 을은 그렇게 하면 안 되는 것으로 알고 있었다.

  나는 이제 미래 따위는 생각하고 싶지 않았다. 초등학생 때부터 본 아버지는 스님처럼 저녁 아홉 시에 잠자리에 들었고 스님보다 한 시간 먼저 일어나는 생활을 했다. 논 사서 농사지으며 사는 게 꿈이었다. 그러나 아버지는 끝내 소원을 이루지 못하고 가버렸다. 나라고 다를 건 없을 거였다. 아버지는 농고라도 졸업했지만 나는 고등학교 중퇴가 전부였다. 전역하고 사회로 나간다고 나를 반길 곳은 없었다. 미래 따위는 없었다. 그냥 그동안 억눌러 왔던 감정이라도 푸는 데 모든 걸 걸어야겠다는 생각만 들었다. 아니, 그게 정의라고 생각하자 마음이 편했다. 사격장에 가서 실탄을 받아 장전하면 재빨리 창수 있는 곳으로 달려가 녀석을 무릎 꿇게 하고 개머리판으로 머리를 한 대 후려치고 내 사물함에 체육복을 넣었던 벌을 받는 거라면서 총부리를 겨눌 작정이었다.

그러나 나에게 여름 태양은 자비라곤 보여 주지 않았다. 게다가 작업량도 가혹할 정도였다. 더군다나 나는 힘든 작업도 해야 했다. 떼를 떠서 이인용 들것에 싣고 오르막을 올라와 축대 벽 근처에 부렸다. 떼를 한 번 부리고 나면 땀이 몇 리터는 빠져나가는 거 같았다. 소대원들은 오후가 되자 작업량이 많다고 투덜대기 시작했다. 힘든 거로 치면 내가 제일 힘들었다. 그래도 나는 축제를 벌여야 했다. 자비 없는 태양과 혹독한 작업량에 냉정하게 맞서야 했다. 나는 소금도 집어 먹고 생수도 마셔가면서 체력을 아꼈다. 축제의 제물을 살피는 것도 잊지 않았다. 제물은 소대가 작업 나가면 소대장에게 허리 디스크가 도졌다, 발목을 삐었다 따위의 변명을 늘어놓으며 자주 작업에서 빠졌다. 소대장은 제물과 맞상대하는 게 귀찮아 그냥 두는 일이 잦았다. 오늘 제물은 아예 배를 움켜쥐고 축대 벽 근처 나무 그늘에 앉아 있었다. 나는 녀석을 보면서 그래, 이것도 마지막이다! 하고 속으로 중얼거렸다.

  사납게 굴던 해가 기울어 갈 때 소대장이 작업 종료를 알렸다. 서둘러 내무반으로 가고 싶었던 선임병들은 이미 내리막으로 걸어가면서 집합, 집합을 외쳤다. 나는 뒤에 남아 작업장 근처에 널려 있는 삽, 곡괭이, 해머, 정, 톱 따위를 들것에 실었다. 소대장은 작업 도구를 확인하고 인원 점검을 한 뒤 한 명이 없잖아, 하고 짜증을 냈다. 나는 소대원들을 쭉 훑었다. 제물이 보이지 않았다. 소대장은 잔뜩 화가 난 목소리로 "서창수, 이 자식 어디로 간 거야?" 하고 외쳤다. '녀석이, 내 계획을 알고 도망간 건가?' 마음이 조급해지기 시작했다. 그러면 나만의 축제는 어찌해야 하는가. 조명탄을 폭죽 삼고 어둠을 무대 삼아 아버지의 빌어먹을 운명을 위해 제물을 바치려고 했는데 계획이 틀어진 거 같았다. 그러면 지금 여기서 축제를 시작해야 하는 게 옳았다. 그런데 총이 없었다. 다행히 들것에 둔 해머가 보였다. 누구보다 먼저 제물을 찾아 정수리를 내리치면 될 터였다.

"빨리, 서창수, 찾아" 소대장이 명령했다. 그런데 소대원들은 창수가 내무반으로 먼저 간 거 같다면서 내무반 가는 아랫길로 달렸다. 나는 차분하게 생각했다. 내가 마지막으로 축대 벽까지 떼를 들고 갔을 때까지 제물은 나무 그늘에 앉아 있었으니 멀리 가지 못했을 거라고.

축대 벽 위 바위 있는 데로 가보기로 했다. 점심 추진했을 때 녀석이 거기서 내려오는 걸 본 기억이 났다. 다행히 주변에는 나만 남아 있었다. 나는 해머를 들었다. 전에 해머로 호박만 한 돌도 내려쳤다. 두 동강 내서 축대 벽을 쌓았다. 정수리쯤이야! 해머의 무게가 묵직한 게 손맛이 짜릿했다. 작업하면서 소금을 집어 먹고, 물을 마셔 둔 것도 참 잘한 일 같았다. 오르막을 걸어도 지치지 않았다. 녀석을 찾지 못하면 축대 벽 뒤 언덕의 바위까지 가보기로 했다. 높이도 적당한 게 위에 오르면 제물이 갈 만한 길이나 숨어 있는 곳이 보일 거 같았다.

드디어 바위가 보였다. 그리고 바위로 오르는 길에 쪼그리고 앉아 있는 제물이 보였다. 나는 길옆의 숲에 몸을 숨기고 길 아래를 바라봤다. 소대원들은 따라오지 않았다. 제물을 바위 위로 데리고 올라가면 해머를 사용하지 않아도 감쪽같이

해치울 수 있을 거 같았다. 참으로 황홀한 축제가 벌어질 분위기였다. 처음으로 신이 나에게 미소를 보여 주는 거 같았다. 감격해 웃음까지 터뜨릴 뻔했다.

숨을 한 번 들이쉬고 제물을 살폈다. 제물은 고개를 숙이고 한 손으로 아랫배를 감싸고, 또 한 손으로 휴지를 쥐고, 바지를 벗은 채 쪼그리고 앉아 있었다. 녀석은 며칠째 화장실을 들락거렸었다. 배탈이 단단히 난 거 같았다. 나는 억지로라도 녀석 때문에 일그러졌던 고등학교 시절을 떠올렸다. 녀석이 내 삶에 남긴 상처를 기억했다. 녀석이 내 삶을 위로하기에 딱 어울리는 제물이라는 생각까지 했다. 결국 제가 싼 똥 위에 주저앉아 죽어갈 녀석을 상상하며 해머 손잡이를 단단히 잡았다. 나는 모든 걸 걸고 제물을 향해 해머를 들고 다가가는 내 그림자를 보면서 걸었다. 머릿속에 내무반에서 아침에 들었던 기상 음악의 파도 소리와 팬플루트 연주 '고독한 양치기'가 떠올랐다. 그러면서 고독하게 살다 간 신문 배달부가 몹시 생각났다.

병아리

나는 탁 엄마의 선글라스에 비치는 점점 작아져 가는 엄마의 모습을 바라보고만 있었다. 어디서부터 무엇이 잘못된 것인지 알 수 없었다. 상처 난 병아리를 죽을 때까지 쪼아대는 같은 무리의 병아리들만 떠올랐다.

나는 갑자기 외고에서 일반고로 전학 오게 되었다. 이 주 전 학원에서 일어난 사건이 그 발단이었다. 그날 나는 평소처럼 학원에 갔고, 원장의 수학 수업을 듣고 있었다. 그런데 수업 중에 학원으로 상담 전화가 왔다. 원장은 우리에게 전화를 받는 동안 문제를 풀고 있으라고 했다. 나도 처음에는 책상으로 고개를 숙이고 열심히 문제를 풀었다. 그리고 별생각 없이 고개를 들었다가 다른 자리에서 고개를 숙이고 문제 풀고 있는 한 여학생의 흰 목덜미를 보게 되었다. 지금 생각해 봐도 왜 그랬는지 알 수 없었다. 나는 주머니에 있던 스마트폰을 꺼냈다. 동영상 촬영 모드로 설정했다. 하필이면 그때 강의실 문이 열렸다. 나는 너무 놀라 스마트폰을 손에서 놓쳐 버렸다. 스마트폰은 바닥으로 떨어지면서 여학생의 발 근처로 가 버렸다. 나는 얼른 스마트폰을 줍기 위해 손을 뻗었다. 그러나 여학생의 손이 더 빨랐다. 여학생은 화면에 동영상이 작동되는 걸 보고 소리를 질렀다.

 원장은 놀라서 흐느끼는 여학생을 달래면서 나의 엄마와 여학생의 엄마에게 전화를 했다. 학원으로 달려온 나의 엄마는 얼굴에 분노가 가득한 여학생의 부모 앞에서 무릎을 꿇었다. 나는 그 옆에 머리를 숙이고 서 있었다. 엄마는 무릎을 꿇은 채 반 시간 정도 눈물을 흘리며 흐느꼈다. 그러자 오히려 여학생의 엄마가 엄마를 달래기 시작했다. 그 뒤로 한참을 더 엄마는 그렇게 있었고, 그로 인해 여학생 아빠의 분한 표정도 어느 정도 풀렸다. 여학생의 엄마는 엄마의 어깨를 토닥이며 일어나라고 했다. 그래도 엄마는 일어나지 않았다. 여학생의 부모가 양쪽에서 엄마의 팔을 잡고 일으킬 때야 마지못해 일어섰다. 엄마는 다리에 쥐가 나서 제대로 걷지도 못하면서 나에게 다가와 소리쳤다. "이 자식, 학교에 신고해서 혼쭐내 줄 거야!"

 여학생의 부모는 엄마의 말을 듣고 난처해하는 거 같았다.

학교에 사실이 알려지면 딸이 학생부에 불려 다녀야 하는 걸 부담스러워하는 것처럼 보였다. 엄마는 여학생 부모의 표정을 살피면서 나를 경찰에 신고해서 혼쭐내야 한다고 더욱 소리쳤다. 여학생의 부모는 엄마의 모습에 오히려 당황했다. 딸에게 일어난 일이 학교와 경찰에 알려지는 걸 원하지 않는다고 말했다. 엄마는 여학생 부모에게 학교에 알리는 게 마음에 들지 않으면 나를 다른 학교로 전학 보내놓고 경찰에 신고하면 어떻겠느냐고 물었다. 물론 여학생의 부모가 그렇게 하지 않으리라는 것을 엄마는 계산하고 있었다.

 엄마는 남에게 지는 것은 죽기보다 싫어하는 성격이었다. 그 성격이 엄마를 고등학교 졸업한 뒤 경리부터 시작해 보험 설계사를 거쳐, 꽃집, 횟집, 대형 슈퍼까지 하게 만들었다. 지금은 금오시에서 가장 큰 뷔페를 운영하고 있었다. 뷔페를 인수했을 때도 엄마는 주방 직원들을 능숙하게 다뤘다. 그들이 새 주인인 엄마에게 신경전을 벌이자 처음엔 그대로 내버려 두었다. 시간이 흐르면서 하나하나 바로 잡아 나갔다. 엄마는 술을 마시면 학교 다닐 적에 친구들을 무릎 꿇린 일을 아무렇지도 않게 말하면서 흐뭇해했다. 사업을 하면서 다른 업체의 남자 사장들을 이긴 이야기를 할 때는 참 행복해 보였다. 그랬던 엄마가 명문대에 아들을 보낸 엄마가 되기 위해서 무릎을 꿇은 것이었다.

 어쨌든 엄마의 위기를 극복하는 능력 덕분에 오늘 나는 초산고 교복을 입을 수 있었다. 현관을 나설 때 엄마는 내 손을 꽉 잡으면서 말했다. "기죽지 마! 대학 가는 건 외고보다 초산고가 훨씬 나을 거야." 나도 엄마에게 기죽은 모습을 보여 주기 싫어서 자신 있게 말했다. "엄마, 나는 외고에도 합격했는데, 초산고에서는 당연히 전교 일 등 해야지." 사실 외고에서 내로라하는 아이들과 경쟁하면서 내신 성적 얻기는 쉬운 일이 아니었다. 초산고에서는 여유 있게 공부해도 내신 성적은 잘 얻을 수 있는 게 사실이었다. 나는 엄마에게 손을 흔들고, 버스를 타기 위해서 집을 나섰다.
 그런데 버스에 올라 초산고 교복을 입은 아이들을 보자 마음이 불안해졌다. 금오 시내의 꿀통들이 초산고에 모여 있다는 게 마음에 걸렸다. 그 녀석들이 전학생인 나를 어떻게 대할지 은근히 두려웠다. 초산고에 다니는 중학교 동기 녀석들을 만나면 꺼림칙할 거 같았다. 녀석들은 내가 전학해 온 이유를 물을 거였다. 어떻게 대답해야 할지 방법이 떠오르지 않았다.

중학교 동기 동주가 제일 마음에 걸렸다. 녀석은 내신 성적을 잘 얻기 위해서 금오 시내의 고등학교에 가지 않았다. 일부러 초산고로 진학했었다. 중학교 때 나는 녀석보다 집안 형편, 얼굴, 성적까지 늘 앞섰다. 그래서인지 나는 녀석을 그다지 신경 쓰지 않았었다. 그런데 녀석은 나를 경쟁 상대로 여겼다. 나보다 힘이 센 걸 믿고 시기하고 질투했다. 그랬던 녀석이라 초산고로 온 나를 보면 자기 내신 성적에 불이익이 생길까 봐 대놓고 시비를 걸 게 뻔했다. 그러면 옆에 있는 녀석들도 덩달아 나를 쪼아댈 거였다.

  초등학교 육 학년 봄, 시골 외가의 닭장에서 병아리가 병아리를 쪼아대는 장면을 봤었다. 닭장에 병아리가 열 마리 정도 있었다. 병아리들은 두 발로 닭장 바닥을 헤치고 모이를 먹었다. 그런데 한 마리가 모이를 먹다가 철망 가시에 꽁무니가 찔렸다. 상처가 생겼고 핏방울이 맺혔다. 꽁무니의 솜털이 붉게 물들었다. 그러자 다른 한 마리가 핏물에 젖은 녀석의 솜털을 쪼기 시작했다. 다른 병아리도 달려와 쪼아댔다. 바늘구멍만 했던 상처가 좁쌀 크기로 커졌고, 머지않아 콩알만 해졌다. 병아리들은 더욱 녀석을 쪼아댔다. 상처는 어느새 포도알만 해졌다. 그리고 상처에서 창자가 흘러나왔다. 한 마리가 창자를 물고 달아났다. 그러자 녀석은 결국 바닥에 쓰러졌다. 병아리들이 이번에는 한꺼번에 창자를 물고 달렸다. 녀석은 닭장 바닥 여기저기로 끌려다녔다. 어느새 시체만 남았다. 병아리들은 그제야 다시 모이통으로 달려가 모이를 쪼았다. 물통에서 물 한 모금 먹고 하늘을 쳐다보고 작은 날개를 파닥거렸다. 그때 나는 시체가 된 병아리도 다른 병아리의 상처를 보면 역시 쪼아댔을 거라고 생각했다.

 초산고에 가까워질수록 나는 내가 꼭 철망 가시에 찔린 병아리가 될 것만 같았다. 어디서 건 전학해 온 아이들은 더러 따돌림을 당했다. 그런데 나는 전학생이고 게다가 불법 촬영까지 하려고 했었다. 제법 큰 약점을 지녔다. 그러니 전학해 온 이유를 물으면 무슨 말이든 둘러내야 했다. 머릿속이 복잡했다. 갑자기 수학학원에서 자리를 비운 원장이 원망스러웠다. 하필이면 그때 상담 전화를 한 학부모도 마찬가지였다. 무엇보다 원장이 "너, 불법 촬영한 거야?"하고 묻는 말에 얼떨결에 "예"하고 바로 대답한 내가 바보 같았다. 얼굴색을 바꾸고 "왜, 나를 불법 촬영한 거로 몰고 가는데요!"하고 원장에게 대들었어야 했다. 그러면 원장이 여학생 엄마와 우리 엄마에게 전화해서 일을 키우지도 않았을 거였다.

버스 안의 스피커에서 "이번 정류장은 초산고입니다."하는 안내 방송이 나왔다. 중학교 동기들에게 지금의 주눅 든 내 모습은 정말 보여 주고 싶지 않았다. 다행히 정류장 바로 옆에 초산고의 정문이 있었다. 고개를 숙이고 빠른 걸음으로 교문을 들어섰다. 중앙현관으로 가기 위해 보도로 올라갔다. 보도 블록 사이의 틈에 민들레가 보였다. 줄기가 발에 밟혀 엉망인데도 노란 꽃은 피어 있었다. 나는 왠지 민들레를 밟지 않도록 조심하며 빠르게 발걸음을 옮겨 놓았다. 어쨌든 빨리 교무실로 가서 담임을 만나는 게 중요했다. 중앙현관으로 들어갔다. 신발장에서 내빈용 실내화를 꺼내 신었다. 다행히 나는 이 층 교무실까지 가는 동안 중학교 동기들과 마주치지 않았다.

교무실에서 만난 담임은 영화배우 마동석 같았다. 얼굴 그리고 머리모양까지 비슷했다. 나이는 마동석보다 더 들어 보였다. 나는 담임이 내민 두툼한 손을 잡고 인사를 했고, 담임은 자기소개를 했다. "나는 이 학년 일 반 담임 오기도야. 프로 씨름 선수 출신이다. 요즘은 애들이 나를 보고 마동석 닮았다고 오동석이라고 해." 그런데 담임의 책상 주위로 책꽂이가 이 층으로 쌓여 있는 게 눈에 들어왔다. 그것이 신기해 쳐다보고 있는데 담임이 내 귀에 대고 이런 말을 이었다. 나는 한라장

사까지 차지했다, 학교에 와서는 주로 학생부에서 일했다, 컴퓨터로 하는 학교 업무는 제대로 배울 기회가 없어서 일 처리는 서투르다, 게다가 쉬는 시간에 내가 코를 골며 자는 모양이다, 다른 선생님들이 그 꼴을 보기 싫어해서 이렇게 책꽂이를 쌓아 버렸다, 하고. 나는 당혹스러울 정도로 말이 많고 솔직한 담임의 모습이 낯설었다.

담임의 뒤를 따라 교실로 가는 동안 그 낯선 기분만큼 불안했다. 담임이 자기소개를 하라고 할 게 뻔했다. 낯선 아이들과 눈이 마주치는 게 걱정됐다. 불법 촬영 사건만 없었어도 이러진 않을 거였다. 불안감 때문인지 담임의 걸음이 몹시 빨라 보였다. 어느새 '2-1' 교실의 팻말이 보였다. 담임이 문을 열었다. 나는 담임의 뒤를 따라 교실로 들어갔다. 교탁 앞에 서서 눈을 꾹 감았다 떴다. 그런데 담임이 내 편이 되어 주는 것 같았다. 담임은 "이 친구는 성산 외국어고등학교에서 전학 온 신하식이다. 서로 잘 지내라."하고 짧게 나를 소개하고 조회를 마쳐 버렸다. 나는 아이들에게 고개만 꾸벅 인사하고 담임이 정해주는 자리로 가서 앉았다. 담임이 사라지자 중학교 동기 녀석들이 내 책상 주위로 몰려와 아는 척했다. 버스에서 걱정했던 것과 달리 반갑게 맞아 주었다.

나는 동주를 의식하고 있었기에 중학교 동기들의 환영에 마냥 기뻐하고 있을 수만은 없었다. 지금 이 순간에도 누군가 동주에게로 달려가서 내가 온 사실을 알릴 거라고 봤다. 역시나 교실 앞문 쪽에서 동주가 내 이름을 부르는 소리가 들려왔다. 나는 소리 나는 쪽을 슬쩍 쳐다봤다. 녀석은 비웃는 표정을 지으면서 내 쪽으로 걸어오고 있었다. 녀석은 내 앞에 멈춰 자기 얼굴을 내 얼굴로 바짝 들이밀면서 속삭였다. "어, 정말로 외고생 하식이가 초산고로 왔네!" 나는 속으로는 맞서야 하는데, 하고 되풀이했다. 어찌 된 일인지 녀석의 기에 눌려 아무것도 할 수 없었다. 녀석의 눈을 바라볼 자신이 없어 고개를 숙여 버렸다. 그래도 녀석은 내 책상 앞에 계속 서 있었다. 내가 대답하지 않자 내 어깨를 툭 쳤다. 나는 고개를 들고 녀석과 잠깐 눈을 마주쳤다. 녀석은 참 커 보였다. 나를 내려다보면서 다그쳤다. "초산고로 왜! 왔는데?" 나는 다시 고개를 숙였다. 녀석의 질문을 무시하는 것 말고는 할 게 없었다.

그러다 고개를 옆으로 돌렸는데 중학교 동기인 탁이 보였다. 중학교 때 탁이 전학해 오던 날이 떠올랐다. 탁도 담임을 따라 교실로 들어올 때부터 고개를 숙이고 있었다. 담임이 고개를 들라고 하자 겨우 고개를 들었다. 나는 탁의 귀와 눈, 얼굴을 보면서 반지의 제왕에 나오는 골룸을 많이 닮았다고 생각했었다. 짓궂게도 "쟤, 진짜 골룸 닮았다." 하고 잔뜩 들떠서 말해 버렸다. 담임은 나를 잠깐 노려봤다. 그리고 탁은 자기 소개를 시작했다. "디금부터 다기도개를 하겠습니다. "이듬은 도오 타기입니다." 리을을 디귿으로 지읒을 디귿으로 발음했다. 그러니까 조탁이라는 이름을 도오 타기로 소리를 낸 거였다. 아이들은 탁의 어눌한 목소리를 듣고 책상을 두드리며 웃어댔다. 담임이 사라지자 아이들은 도오타기, 도오타기 하면서 탁을 놀려댔다.

역시 동주는 집요했다. 내가 아무런 대답을 하지 않자 내 책상을 손바닥으로 치면서 비꼬듯이 물었다. "외고생, 하식이가 꼴통 학교 초산고로 왜 왔어?" 나는 녀석에게 맞서지 못하고 벗어날 생각만 하고 있었다. 여전히 탁을 쳐다보며 아무런 대꾸를 하지 않았다. 탁은 책상에 고개를 처박고 나와 동주를 외면하고 있었다. 어쩌면 탁이는 지금도 왕따인지 모른다는 생각이 들었다.

탁이 왕따가 된 사실을 알게 된 중학교 때 담임은 창의적 체험활동 시간에 왕따를 주제로 한 동영상을 보여 주었다. 동영상 속의 강사는 왕따는 보이지 않는 감옥에 친구를 가두고 고

통을 주는 거라고 했다. 만만한 친구, 장애가 있는 친구, 뭔가 부도덕한 일을 한 친구를 골라 그 속에 가두어 소리 없이 죄어 죽이는 짓이라고 했다.

동주는 집요하게 물었다. 나는 내가 전학 온 이유를 동주가 알게 될까 봐 두려웠다. 그러면 동주가 나를 보이지 않는 감옥에 가둘 게 뻔했다. 심장이 쿵쿵 뛰면서 얼굴에 열까지 솟아올랐다. 탁에게서 시선을 거둬 창밖을 바라봤다. 운동장 건너편의 담장에 빨간 덩굴장미가 피어 있었다. 나는 애써 심호흡하며 동주에게 말했다. "동주야, 저기 봐, 장미가 참, 예쁘네." 그러자 동주는 무슨 소리를 하는 거냐는 표정을 지었다. 나는 그 틈을 이용해 화장실에 다녀와야겠다, 하고 교실 밖으로 겨우 빠져나갔다.

동주가 화장실로 따라올 거 같아 나는 아예 대변 보는 칸으로 들어가 버렸다. 문을 잠그고 변기에 앉았다. 녀석이 대놓고 질문하면서 놀리는데도 한 번도 제대로 맞서지 못하고 비굴하게 화장실로 도망쳐 온 내가 마냥 부끄러웠다. 내가 문을 열고 나가면 동주가 화장실 문 앞에서 기다리고 있다가 "왜, 전학 왔는데?"하고 물을 거 같았다. 교실에서는 화장실 핑계로 벗어날 수 있었다. 그러나 이제 더이상 피할 곳이 없었다. 끈

질긴 녀석, 수업이 끝날 때마다 와서 왜 전학 왔는데, 하면서 괴롭힐 거였다. 녀석이 괴롭히면 반 아이들은 녀석을 따라 나에게 물을 터였다. 녀석이 노리는 게 그것 같기도 했다. 화장실 안의 스피커에서 수업 시작을 알리는 음악 소리가 울렸다. 아직 녀석에게서 벗어날 방법이 떠오르지 않았다. 그렇다고 수업은 빠질 수 없었다. 나는 주먹을 꽉 쥐고 문을 살짝 열었다. 다행히 동주는 없었다.

　잠시 뒤 교실로 들어갔다. 아이들은 책상을 모으고 서로 마주 보고 앉아 있었다. 모둠 수업을 할 모양이었다. 골룸을 닮은 탁의 얼굴이 보였다. 탁을 이용하면 나에게 쏠리는 반 아이들의 관심을 조금이나마 돌릴 수 있겠다 싶었다. 동주는 수업이 끝나길 기다리고 있을 거였다. 내가 에이 씨, 뭐가 궁금한데? 하고 대꾸라도 해야 동주도 주춤할 것인데, 나는 녀석과 눈조차 맞추지 못하고 있었다. 녀석은 그런 내 모습을 보고 더 자신감을 얻었을 거였다. 녀석이 나에게 집요하게 전학해 온 이유를 물을수록 반 아이들의 관심도 커질 게 뻔했다. 내가 전학해 온 이유를 말하지 않으면 반 아이들은 제멋대로 상상하면서 나를 이상한 아이로 몰고 갈 거였다. 그러면 나는 왕따가 될 수도 있었다. 동주는 그렇게 된 내 모습을 통쾌하게 여길 거였다.
 나는 손 놓고 동주에게 당하고 있을 수만은 없었다. 탁을 이용해야 되겠다는 생각이 들었다. 내가 탁을 '골룸'하고 부르면 탁은 중학교 때처럼 눈만 껌뻑거리고, 반 아이들은 나를 따라 골룸, 골룸, 할 거였다. 아이들은 탁을 놀리는 재미에 빠져서 동주가 나에게 와서 전학해 온 이유를 묻더라도 관심을 덜 가질 터였다. 동주도 아이들이 관심을 가지지 않으면 나를 더는 찾지 않을 것 같았다. 나는 아까 동주가 나에게 걸어온 것보다 더 자신만만하게 탁을 향해 곧장 걸어갔다. 탁의 앞에 우뚝 서서 탁의 옆구리를 치면서 "골룸."하고 불렀다. 옆에 있던 아이가 탁을 쳐다보면서 "진짜, 닮았다." 하면서 맞장구까지 쳐주었다. 그러자 다른 아이들도 탁의 얼굴을 보면서 "맞다, 골룸." 하고 웃어댔다. 탁은 고통스러운 표정을 지었다. 나는 탁을 보면서 또다시 "골룸."하고 불렀다. 탁은 고개를 숙이고 손으로 귀를 막았다.
 탁은 아이들이 놀려대자 어쩔 줄 몰라 했다. 아이들은 탁이 괴로워하는 모습을 보면서 더 웃어댔다. 국어 교사가 "조용, 조용."하면서 교실에 들어왔다. 아이들도 더 이상 웅성거리지 않았다. 교사는 교실을 둘러보면서 이육사의 시 '광야'를 전문가 방식으로 수업하겠다고 했다. 교사는 반에서 여섯 명의 전문가를 미리 뽑아 둔 거 같았다. 그들이 광야를 스스로 공부해 와서 친구들에게 설명하는 식이었다. 전문가 한 명에게 네 명의 학생이 모였다. 전문가 역할을 하는 학생이 시를 설명하면 나머지는 필기하는 거였다. 나는 외고에서 광야를 배웠었다. 수업이 시시할 거 같았다. 게다가 전문가라고 와서 내 앞에서 설명하는 아이는 중학교 때 한참 낮게 본 상대였다. 수업에 참여해 볼까 했던 마음이 싹 달아나 버렸다.

창가 쪽에 있는 탁의 모둠을 바라봤다. 탁은 수업 시간에 중학교 때처럼 멍때리고 앉아 있었다. 전문가를 맡은 여학생은 탁에게는 눈길조차 주지 않고 나머지 세 명에게만 설명하고 있었다. 중학교 때 엄마가 탁의 엄마 이야기를 한 번 했었다. 탁의 엄마와 고등학교를 같이 다녔다고. 고등학교 교사 하면서 치과 의사 남편 만난 뒤 잘난 척하고 다니는 게 마음에 안 든다고. 탁의 형은 똑똑했고, 탁이 그렇지 못해 속상해한다고. 엄마는 혀를 차면서 탁의 학교생활을 궁금해하며 말했다. "집에서 새는 바가지가 들에 나가서도 새는데 별수 있겠나?" 그때 나는 엄마가 무슨 말을 하는지 제대로 이해하지 못했다. 지금 탁을 보니 그때 엄마가 했던 말의 뜻을 알 것 같았다. 탁은 여전히 구멍 난 바가지였다. 못 본 사이에 구멍은 더 커진 거 같았다. 나는 학교에서 탁의 구멍을 메워 주려고 나서는 사람은 전에도 없었고 앞으로 영원히 없을 거라고 막연하게 생각했다.

전문가 집단이 모둠원들에게 설명을 끝내자 교탁에 서 있던 교사가 칠판으로 다가갔다. 분필을 집고는 다음 시간의 활동 과제를 적기 시작했다.

사미인곡
1.해설지 찾아 붙이기 활동
2.내용 구분하기
3.객관적 상관물 찾기
4.정철의 입장에서 임금에게 전하는 말을 랩으로 표현하기

교사가 판서를 끝냈을 때 수업을 마치는 음악 소리가 들렸다. 나는 탁의 옆으로 갔다. 탁의 발음을 흉내를 냈다. "도오탁, 덩말 오댄마니다." 아이들은 내가 탁의 흉내를 내는 모습을 보고 웃었다. 탁은 눈썹 사이에 주름을 잡으며 나를 쳐다봤다. 나는 탁이 인상을 구기는 것이 거슬렸다. 나에게 대드는

거 같았다. 탁이 고등학생이 되었다고 대들 리는 없었다. 그런데도 나는 동주가 시비를 걸어도 맞서지 못했기 때문인지, 탁도 나를 우습게 본다고 생각했다. 한편으로 탁은 전혀 나를 비웃을 수 없다고 생각하면서 나도 모르게 "탁이, 나한테 개기는 거야?" 하면서 주먹으로 탁의 머리를 슬쩍 내려쳤다.

그런데 탁이 움찔하면서 약간 뒤로 물러나 턱을 치켜들었다. 그러자 내 주먹은 본의 아니게 탁의 머리 대신 콧등으로 날아들고 말았다. 나는 뭔가 잘못돼 간다고 느꼈지만 날아가는 주먹을 멈추지 못했다. 퍽 소리가 나며 탁의 코에서 피가 흘러 교실 바닥으로 떨어지기 시작했다. 나는 당황했다. 중학교 때 탁을 툭 치긴 했어도 이런 일은 없었다. 마음 약한 여학생은 교실 바닥으로 떨어지는 피를 보고 입을 틀어막았다. 어떤 여학생은 비명을 질렀다. 그것이 집합 신호가 됐는지 다른 반 아이들까지 모여들었다.

누군가 교무실로 가서 신고했는지 담임은 달려오면서 큰 소리로 말했다. "싸움이 났으면 말려야지!" 나는 중학교 때도 악한 마음으로 탁을 때린 적은 없었다. 오늘도 내 계획에 탁이 코피를 쏟는 건 없었다. 그렇지만 묘하게도 지금 나는 탁을 건드린 게 후회되지 않았다. 어쨌든 내가 원하는 결과를 만들어

냈으니까. 쉬는 시간인데도 동주가 내 앞에 나타나서 전학해 온 이유를 묻는 일은 일어나지 않았으니까. 나는 담임의 목소리가 들릴 때는 오히려 마음이 홀가분하기까지 했다. 담임은 내가 해결할 수 없는 걸 해결해 줄 거 같았다.

어쨌든 나의 사고에 아이들이 잔뜩 몰려들었다. 나는 일부러 나에게 쏠린 눈들과 마주치지 않고 교실 바닥만 보고 있었다. 그저 코를 움켜쥐고 있는 탁 앞에 서 있기만 했다. 그러고 있는데 담임이 올라왔다. 담임은 코피를 쏟고 있는 탁에게 다가갔다. 의자에 탁을 앉힌 뒤 굵은 엄지와 검지를 탁의 입가로 가져갔다. 담임의 손에 코피가 묻었다. 담임이 조용히 말했다. "탁아, 아! 해봐." 탁은 입을 벌렸고 담임은 엄지와 검지로 탁의 잇몸을 누르기 시작했다. 그러자 아이들은 담임의 등 뒤에서 낮은 소리로 수군댔다. "오동석이 돈 거 아니냐?" 담임은 앞니부터 송곳니 어금니까지 차례로 눌러 나갔다. 그러고는 숨을 길게 내뱉고 안도하며 말했다. "이는 부러진 데 없네." 잠시 뒤 담임은 탁의 앞에 쪼그리고 앉았다. 탁의 얼굴을 쳐다보면서 말했다. "탁아, 고개를 뒤로 젖혀 봐." 탁은 고개를 뒤로 젖혔다. 담임도 고개를 젖히고 탁의 코를 밑에서 위로 쳐다봤다. 그러고는 고개를 끄덕이며 말했다. "코도 휘어지지 않왔다." 담임은 탁의 손을 잡으면서 말했다. "탁아, 보건실로 가자." 담임은 손으로 나에게 따라오라는 신호를 보냈다. 나는 담임의 뒤를 따랐다.

우리가 보건실로 갔을 때 교감이 문 앞에서 기다리고 있었다. 교감은 담임보다 나이가 젊어 보였는데 담임에게 명령하듯이 말했다. "보건실 일 끝나면 다친 학생을 데리고 병원으로 가야죠?" 담임은 시큰둥하게 대답했다. "교실에서 살펴봤는데 별로 다치지 않은 것 같은데요." 그러나 교감은 담임의 생각을 전혀 받아들일 마음이 없어 보였다. 다시 담임을 다그쳤다. "매뉴얼대로 하셔야죠." 담임은 교감에게 뭔가 말하고 싶은 게 있는 거 같았지만 아무 말도 하지 않았다. 옆에서 상황을 지켜보고 있던 보건 교사가 담임에게 서류를 내밀었다. 담임은 보건 교사가 준 볼펜으로 서류에 서명하고 탁과 나를 데리고 보건실에서 나왔다.

담임은 학교 주차장으로 가면서 다음과 같은 내용을 혼잣말로 중얼거렸다. 매뉴얼이 싫었다. 그래서 학교에서 학생들끼리 싸우는 일이 없기를 빌었다. 내가 학생들 사이에 일어난 폭행 사건을 처리할 때 진심으로 사과하고, 쿨하게 용서하는 사람은 보지 못했다. 그러나 확실한 게 있었다. 사건이 일어난 시간은 짧았고, 사건을 처리하는 시간은 길었다. 매뉴얼대로 일을 처리하는 세상에서는 피해당한 학생, 가해 한 학생, 양측 학부모, 일을 처리하는 교사까지 모두 피해자가 되었다. 오늘도 만만찮은 시간을 보낼 것 같다. 담임은 혼잣말을 끝내고 나에게 스마트폰을 내밀었다. 그러고는 엄마의 전화번호를 누르라고 했다. 엄마가 전화를 받자 학교에서 있었던 일을 요약해서 말하고 병원에서 보자고 했다. 엄마에게 전화했던 것처럼 탁의 엄마에게도 전화해서 사정을 알렸다.

  병원은 생각보다 학교에서 가까운 곳에 있었다. 출발한 지 오륙 분 정도 된 것 같았는데 병원 주차장에 도착했다. 담임은 주차장에 차를 주차 시켰다. 나에게 탁을 부축해서 내리라고 말했다. 내가 차에서 탁의 팔을 잡고 내렸을 때 검은색 S클래스 벤츠가 다가와 우리 옆에 멈춰 섰다. 짙은 색으로 선팅한 창문이 내려갔다. 명품 디올 핑크빛 선글라스를 낀 여자가 운전석에 앉아 있었다. 여자는 창밖으로 고개를 내밀면서 오기도 선생님! 하고 담임을 불렀다. 그러곤 창문을 올리고 주차시킨 뒤 선글라스를 낀 채 차에서 내렸다. 검은색 정장에 하얀 셔츠를 받쳐 입은 모습이었다. 손에는 검은색 명품 가방을 들고 있었다. 바람이 불면서 여자의 귀를 덮은 머리카락이 날리

병아리 115

면서 여자의 귀가 살짝 보였다. 탁의 귀와 똑같이 생겼다. 나는 여자가 탁의 엄마란 걸 알았다. 그리고 탁의 엄마도 골룸을 많이 닮았구나, 하면서 웃을 뻔했다.

아무리 봐도 탁의 엄마는 보통 엄마들과 달랐다. 아들이 다쳤는데 탁의 얼굴을 슬쩍 쳐다볼 뿐이었다. 아들의 상처에는 관심이 없었다. 그 대신 이 주 전, 아들을 위해 무릎을 꿇고 울었던 내 엄마에게 집중했다. 담임에게 따졌다. "하식이 엄마는 아직 안 왔죠?" 담임은 대답했다. "곧 올 겁니다." 탁의 엄마는 다시 물었다. "우리 아이 많이 다쳤죠?" 담임은 대수롭지 않게 말했다. "상처가 심하지는 않은 거 같습니다." 탁의 엄마는 발끈했다. "선생님이 의사는 아니잖아요! 상처가 심한지는 의사가 판단하는 거죠!" 탁의 엄마에게 편잔을 들은 담임은 곤혹스러운 표정을 지었다. 담임은 탁의 엄마가 질문하는 의도를 알지 못했다. 탁의 엄마는 상대방의 의견을 듣기 위해서 질문하지 않았다. 자기 말에 무조건 예, 하고 답해야만 정상적인 것으로 생각하는 듯했다. 나는 탁의 엄마를 보면서 이번에는 엄마의 눈물 연기도 통하지 않을 거 같은 기분이 들었다.

응급실로 가야죠, 하면서 탁의 엄마가 앞장섰다. 담임과 나는 탁을 부축하고 탁의 엄마를 뒤따라갔다. 현관을 지나 복도에 들어서자 탁의 엄마의 빨간 하이힐의 뒷굽이 바닥과 닿으면서 나는 소리가 울렸다. 내 기분이 우울해서 그 소리가 거슬렸다. 담임도 그 소리가 듣기 싫었는지 빨리 걸었다. 어느새 우리가 탁의 엄마를 앞질러 응급실에 도착했다. 간호사가 빈 침대로 안내했다. 탁의 엄마는 우리가 탁을 침대에 눕히는 걸 지켜보고 있었다. 곧이어 의사가 왔다. 의사는 탁의 코를 살펴보면서 부상이 심하지 않아서 X선 촬영만 해도 괜찮겠다고 했다.

그때 탁의 엄마가 발끈했다. "뇌진탕이라도 생겼으면 어떡할 건데요. CT 촬영해야죠." 의사는 불쾌한 표정으로 탁의 엄마를 빤히 쳐다봤다. 간호사는 탁의 엄마와 의사의 얼굴을 살피면서 조용히 말했다. "보호자님, 원무과에서 수납하고 오세요." 담임이 그 말을 듣고 원무과로 가려고 서둘렀다. 그러자 탁의 엄마가 백을 든 손을 들어 담임이 가는 걸 막고 원무과 쪽으로 가면서 말했다. "나중에 때린 애 집에 구상권 청구할게요."

탁의 엄마가 원무과로 가자마자 엄마가 눈을 동그랗게 뜨고 담임에게 다가오고 있었다. 담임을 보면서 "선생님, 미안합니다. 전학해 온 지 하루도 안 됐는데……"하고 말꼬리를 흐렸다. 담임은 탁의 엄마를 대할 때보다는 편해 보이는 표정으로 엄마에게 말했다. "세상일이 예고하고 일어납니까?" 담임은 원무과 쪽과 탁을 슬쩍 봤다. 엄마만 들릴 수 있을 정도로 작은 소리로 말했다. "하식이 어머님, 어쨌든 탁이 엄마의 감정을 상하게 하지 않는 게 중요합니다." 그런데 엄마는 자신 있는 표정을 지으며 대답했다. "선생님, 탁이 엄마랑 전 고등학교 동창인데 별일 있겠어요? 탁이 엄마는 어디있어요?"

 나는 자신 있게 나오는 엄마를 보자 마음이 편안해졌다. 엄마는 탁의 엄마를 만나면 해결된다면서 나를 데리고 원무과로 갔다. 마음이 놓였기 때문인지. 아까는 보이지 않았던 복도 양쪽의 방사선과, 건강관리과, 초음파실 등의 팻말이 보였다. 초음파실을 지나자 원무과가 나왔다. 탁의 엄마가 보였다. 엄마는 탁의 엄마에게 다가가면서 "근영아." 하고 다정하게 불렀다. 나는 엄마가 탁의 엄마 손을 잡고 "미안하다, 내가 아들을 잘못 키워서."하고 사과할 거라고 생각했다. 그런데 그런 일은 일어나지 않았다. 탁의 엄마가 엄마의 손을 세차게 쳐내면서 응급실 쪽으로 가 버렸던 것이다.

 엄마는 탁의 엄마가 무시하자 화가 단단히 난 거 같았다. 평소 성질 같았으면 자신을 대놓고 무시하는 탁의 엄마의 머리채를 잡고 흔들었을 거였다. 그런데 엄마는 목표가 있었다. 아들을 명문대에 보낸 엄마가 되는 거였다. 나는 엄마가 목표를 이루기 위해서 참고 있다는 걸 알았다. 그렇다고 엄마의 성질이 사라진 거는 아니었다. 엄마는 탁 엄마의 뒷모습을 노려봤다. 그러고는 악수를 거절당한 분한 마음을 그대로 쏟아냈다. "빼빼 마른 당나귀같이 생긴 게. 학교 다닐 적에 공부 빼고는 내세울 거 하나도 없었는데. 고등학교 선생되고, 치과 의사 남편 만났다고 잘난 척하고 다니기는······" 그래도 화가 안 풀렸는지 또 중얼거렸다. "삐쩍 마른 당나귀가 명품 옷 입고, 명품 백 들고, 벤츠를 끌고 다녀 봐야 당나귀지 뭐!"

엄마는 그러면서도 탁의 엄마를 따라 응급실로 걸어갔다. 나도 엄마를 따라가며 탁의 처지를 생각해보았다. 중학교 왕따로 입은 상처가 큰 탁은 고등학교에서도 왕따가 될까 두려워했을 거였다. 탁은 자신을 따돌린 동기들과 같은 고등학교로 가기 싫다고 눈물을 떨구었을 거였다. 그래서 초산고로 진학했고, 그런데 내가 전학 와서 아이들에게 쪼이는 처지가 되지 않으려고 비겁하게 탁을 괴롭힌 거였다. 그러다가 일을 이렇게 키워 버린 거였다.

그러고 보니 나는 탁 엄마의 마음을 이해할 수 있을 거 같았다. 탁이 말하기 시작했을 때 탁의 엄마는 탁의 형처럼 또박또

박 말을 잘하는 모습을 보고 싶었을 거였다. 그러나 그때도 탁의 발음은 서툴렀을 것이었다. 탁이 유치원에 갈 무렵 내 엄마가 나에게 그랬던 것처럼 탁의 엄마는 유치원에서 받아 온 가방에 매직으로 탁의 이름을 적으면서 "탁아, 이 글자 읽어봐." 하고 한 글자씩 짚으며 "조, 탁."하고 소리내어 가르치기도 했을거였다. 그러면 탁은 한 글자씩 짚으며 "도오. 타악"하고 따라 했을 거였다. 탁의 엄마는 아들의 어눌한 발음을 들으며 처음에는 슬퍼했을 것이다. 탁이 학교 가서 생활하는 걸 들으며 절망하다가 결국 무관심을 선택한 거 같았다. 어쨌든 오늘 나는 탁의 엄마에게 아들이 폭행당한 모습까지 보게 한 거였다.

응급실 쪽으로 다가가는데 담임이 응급실에서 밖으로 나오면서 통화를 하고 있었다. 담임은 약간 화가 난 표정이었다. 내가 가까이 갔을 때 상대방에게 따지듯이 말했다. "탁이 죽기라도 했습니까? 그리고 하식이가 범죄자라도 된답니까?" 나는 내 이름이 들려 담임의 말에 귀를 기울였다. 담임은 갑자기 반말을 했다. "어이, 이 교감, 학교 행정 업무하는 게 서툴다고 나를 막 해대는 거까지는 내 참아 줬다." 그러곤 잠시 말을 끊고 옆을 살피다가 나와 눈이 마주쳤다. 그래도 화가 많이 나서 그런지 목소리는 작아지지 않았다. "그깟 매뉴얼이 뭐가 그리

중요한데. 가해자가 피해자 치료받는 걸 지켜보는 것도 교육이지. 가해자를 학생부에 안 보내고 응급실에 데리고 온 게 뭐가 잘못된 거라고. 그리 몰아가나?"

나는 담임이 교감에게 화를 내는 걸 알 수 있었다. 담임은 교감에게 꾸중을 듣다가 화가 나서 감정대로 행동하는 거였다. 아침에 담임은 교무실에서 나에게 자신은 디지털로 하는 행정 업무에 서툴러 왕따가 됐다고 말한 게 떠올랐다. 교감은 담임이 매뉴얼대로 일을 처리하지 않았다고 야단치고 있는 거였다. 게다가 담임은 규정을 잘 모르기 때문에 교감에게 한 소리를 듣는거 같았다. 나는 담임이 더 이상 교감과 싸우면 안될 것 같았다. 여기서 멈추는 게 맞는다고 생각했다. 그래서 담임 앞으로 가서 거짓말을 했다. "선생님, 탁이 엄마가 응급실에서 찾으시는데요." 담임은 전화를 끊고 나와 같이 응급실로 갔다.

우리가 응급실로 갔을 때 의사는 탁의 엄마에게 말하고 있었다. "코안의 혈관이 터져 출혈이 생겼어요. 그러니까 쉽게 말해 코피가 난거에요. 코뼈는 부러지지 않았고요." 엄마는 의사의 말을 들으며 안심하는 표정을 지었다. 그리고 탁의 얼굴을 바라보고 볼을 쓰다듬으며 미안하다고 했다. 탁의 엄마는 눈을 부릅뜨고 엄마를 노려보았다. 엄마는 어쨌든 탁의 엄마의 비위를 맞추기 위해 참고 있었다. 담임에게 탁의 엄마와 고등학교 동기라서 괜찮다고, 걱정하지 말라고 하던 모습은 찾을 수 없었다. 탁의 엄마 이름을 부르며 계속 사과했다. "근영아, 진짜 미안하다." 그런데 탁 엄마의 표정은 전혀 달라지지 않았다. 내가 보기에 엄마가 손을 잡으려고 내밀었을 때 느꼈던 불쾌감까지 포함해서 엄마를 대하는 거 같았다. 엄마를 노려보면서 싸늘하게 말했다. "너 참, 말 쉽게 하는구나. 애를 이 지경으로 만들어 놓고서는."

나는 탁의 엄마가 엄마에게 함부로 대하는 걸 가만히 지켜봤다. 그러면서 엄마가 목표를 내려놓았으면 좋겠다는 생각이 들었다. 나는 목표가 없던 시절의 엄마가 훨씬 좋은 거 같았다. 그때의 엄마라면 지금 같은 상황에서도 할 테면 해보라는 식으로 맞받아칠 거였다. "우리 애가 네 애를 죽이기라도 했어. 약점 하나 잡았다고 너무 물고 뜯는 거 아니야." 그런데 지금 엄마는 너무 변해 버렸다. 참는 게 뭔지도 모르고 살아온 사람이 참고 있었다. 그렇다고 엄마의 근성은 감출 수 없었다. 화가 나서 표정은 잔뜩 일그러져 있었다. 탁의 엄마는 엄마의 표정을 보면서 차갑게 말했다. "너의 사과엔 진정성이 조금도 없어."

나는 탁의 엄마가 사과를 받아주지 않는 이유를 생각해 봤다. 탁의 엄마는 학창 시절을 떠올리며 엄마에게 화풀이하는 거 같았다. 엄마가 탁의 엄마를 직접 괴롭히지 않았어도 엄마가 친구들과 몰려다니면서 나쁜 짓을 하는 게 못마땅했을 거였다. 그때 잘못 대들었다가는 엄마의 무리에게 당할까 봐 참고 있었는데 지금은 엄마가 나 때문에 약점이 생긴 거였다. 그러니까 학창 시절에 쌓인 감정을 지금이라도 마음껏 풀고 싶어 하는 것 같았다.

그러고 보니, 나는 엄마와 탁의 엄마 사이에 서 있었다. 무엇 때문인지 버스에서 내려 중앙현관으로 갈 때 봤던 보도블록 사이의 틈에 있던 민들레가 떠올랐다. 나는 민들레처럼 초산고에서 뿌리를 내리지 못할 거 같았다. 탁의 엄마는 고등학교 교사였다. 학교폭력 사건을 처리하는 과정과 대입 전형을 잘 알 거였다. 고등학교 동기인 엄마의 사과를 받아주지 않는 걸 보면 아무래도 학교폭력으로 처리할 생각을 하는 거 같았다.

나는 생각했다. 탁의 엄마는 응급실을 나서자마자 곧장 학교로 가서 학교폭력대책자치위원회를 개최해 달라고 요청할 것이라고. 그러면 교육지원청에서 위원회가 개최되고 그 결과가 나올 것이었다. 내 학생생활기록부의 '행동 특성 및 종합 의견'란에는 학교폭력 가해 사실이 기록될 것이었다. 그러면 나는 인성이 좋지 않은 학생이 될 것이고, 초산고에서 전교 1등을 해봐야 학생부종합전형으로는 명문대에 합격할 수 없었다. 오로지 수능으로 승부를 봐야 했다. 결국 명문대 합격 확률이 낮아지고 엄마의 목표도 이룰 가능성이 희박할 터였다.

 탁의 엄마는 선글라스 속에 눈을 감추고 자기에게 고개를 숙이고 있는 엄마를 외면하고 있었다. 나는 탁 엄마의 선글라스에 비치는 점점 작아져 가는 엄마의 모습을 바라보고만 있었다. 어디서부터 무엇이 잘못된 것인지 알 수 없었다. 상처 난 병아리를 죽을 때까지 쪼아대는 같은 무리의 병아리들만 떠올랐다.

뿌리 없이 자라는 나무

내 등 뒤로 "똥차!" 하는 소리가 들렸다. 그들은 버스 안에서 나를 보고 있었던 거 같았다. 그리고 확인하듯 내 별명을 불렀던 게 맞았다. "맞다. 똥차다. 똥차, 거기에 서 봐!" 나는 등산 모자를 눌러쓰고 고개를 돌렸다. 동기들의 모습이 쓰러진 소나무 뿌리에 박혀 있는 돌처럼 보였다. 나는 이제, 정확히 말해 그들을 마주할 용기가 없었다.

나는 그곳으로 가고 싶지 않았다. 그래도 그곳으로 가고 있었다. 모교 방문의 날 행사를 마친 고등학교 동기들이 묵을 숙소로. 진주에서 하동으로 가는 시외버스를 탔다. 펜션 정보라고 해 봐야 인터넷으로 검색한 게 다였다. 버스에 오르면서 기사에게 추억 펜션을 물었다. 기사는 묻는 말에 대답하지 않고, 차가 출발하면 위험한데 어서 자리에 앉으라고 시큰둥하게 말했다. 내가 자리에 앉는 걸 보고 난 뒤, 그곳에 도착하면 알려준다고 했다. 기사까지 그렇게 나오자 속이 더 끓었다. 버스가 남강을 가로지르는 다리를 건널 때 의자에 머리를 기대고 잠을 청했다. 머리 바로 위에서 에어컨 바람이 세게 쏟아져 잠드는 것조차 뜻대로 되지 않았다. 버스는 고속도로로 접어들었다. 다행히 창밖으로 초록빛 들판이 펼쳐졌다. 마음이 조금 편안해졌다.

　버스는 곧 하동 나들목으로 접어들었다. 멀리 산 중턱에 들어선 전원주택 단지와 펜션들이 보였다. 목적지에 다 와 간다는 생각이 들자 혹시 잘못 내리면 어떡하나, 마음이 조급해지기 시작했다. 버스 기사는 국도로 접어들면서 속도를 줄여나갔다. 그러곤 차 안 거울로 나를 보며 외쳤다. "다음 정거장이요." 나는 기사의 말투가 거슬려 인사도 하지 않고 내렸다.

　버스에서 내리자 습하고 더운 기운이 온몸을 덮쳤다. 먹구름은 낮게 내려와 있었고 바람 한 점 불지 않았다. 정류장 옆에 추억 펜션이란 검성 글씨를 새긴 바위가 보였다. 그 밑으로 동남쪽을 가리키는 화살표와 '2킬로미터'란 글자가 적혀 있었다. 훅, 숨을 내쉬며 화살표 방향을 쳐다봤다. 이 차선 아스팔트가 논 사이로 쭉 이어져 있었다. 그 끝으로 마을이 보였다. 마을 어귀에는 느티나무로 보이는 당산나무와 기와를 얹은 정자가 보였다. 마을을 지나 동남쪽으로 골짜기가 보였는데 그래로 길은 이어지는 듯했다.

　배낭끈을 꽉 조이고 등산 모자를 눌러 쓰고 표지석을 지나

아스팔트 갓길을 따라 걸었다. 몇 걸음 걷지 않는데 이마에 땀이 흐르기 시작했다. 등산 모자를 벗어 손에 쥐었다. 일 킬로미터만 걸으면 당산나무까지 갈 수 있을 거 같았다. 아스팔트 옆에 있는 논의 벼가 눈에 들어왔다. 그것을 바라보고 있는데 내 등줄기를 따라 땀이 흘러내리는 게 느껴졌다. 당연한 더위인 걸 알면서도 나는 짜증이 일었다. 이마의 땀은 눈으로 흘러 들어가 눈앞마저 흐려졌다. 다시는 이곳으로 오지 말았어야 했다는 생각이 들었다. 눈가에 흐른 땀을 닦은 뒤 손바닥을 바지에 문질렀다. 언덕길을 오를 생각을 하자 짜증이 났다. 화풀이하듯 아스팔트 옆에 무릎 높이까지 자란 억새를 잡아 뜯었다. 손가락이 따끔했다. 검지에 사선으로 핏방울이 비쳤다. 에잇! 하고 중얼거리며 검지를 입 안에 넣어 피를 빨았다. 퉤, 하면서 침을 뱉었다. 피가 섞인 침이 아스팔트에 떨어졌다.

나는 고등학교 다닐 때 졸업만 하면 고향을 떠날 거라고 다짐했었다. 그러기 위해서 열심히 공부했고, 다른 도시에 있는 대학에 들어갔다. 그 뒤부터 동기들과 연락을 끊고 살았다. 취업을 고민할 때도 고향에서 먼 도시에서 근무하는 걸 중요하게 생각했다. 그랬기에 작년까지는 고등학교 때 다짐했던 대로 그럭저럭 살아왔다. 그런데 올해 고등학교 동기가 부시장으로 부임해 오면서 일이 틀어져 버렸다. 그가 오지 않았다면 굳이 내가 고등학교 동기들이 묵을 숙소를 찾아가지 않았을 터였다.

해가 바뀔 때 나하고 나이가 같은 부시장이 온다는 소문이 청사에 돌았다. 동료들은 새 상관이 온다는 말이 돌면 예민하게 굴었다. 새 상관의 업무 스타일에 따라 일의 강도가 달라지는 걸 알고 있었다. 새로 오는 사람의 업무 스타일을 미리 알고 준비하려는 마음도 있었다. 나는 그런 말에 흔들리지 않는 편이었다. 새 상관이 올 때 떠도는 말은 대개가 카더라, 하는 정도였다. 그도 그럴 것이 새로운 상관이라고 해 봐야, 결국 그도 사람이고 사람이 할 수 있는 게 뻔한데, 하고 생각하면 마음이 변했다. 그 사람을 정확히 관찰하면 원하는 게 보였다. 그러면 거기에 나를 맞춰 나가면 그만이었다. 누가 새 상관으로 오든 나는 신경 쓰지 않고 있었다.

그랬는데 부시장이 처음 온 날부터 나는 그에게 엮이고 말았다. 시무식이 끝난 뒤 회의실을 나올 때였다. 누군가 뒤에서 외쳤다. "어이, 똥차!" 나는 잊었다고 굳게 믿었던 그 소리를 들었다. "와?"하고 대답할 뻔했다. 소리 나는 곳으로 고개를 돌리지 않고 내 사무실을 향해 빠르게 걸었다. 내 별명을 부른 사람이 누군 줄 알고 있었다. 시장이 새로 온 부시장을 소개할 때 나는 그를 이미 알아봤던 것이다. 그는 단상 위에서 근엄한 표정을 짓고 있었지만 내 머릿속에는 고등학교 일 학년 체육대회 하던 날 교실에 홀로 남아 공부하던 소년의 모습이 떠올랐다.

우리 학년은 열 개의 반이 있었다. 우리 반은 체육대회에서 꼴찌를 했다. 반장은 걸걸한 목소리로 육사에 가겠다고 자기 소개를 했고 승리욕이 강했다. 체육대회가 끝난 뒤, 꼴찌 등수를 받아들일 수 없었는지 홀로 교실에 남아 공부한 부시장을 사납게 대했었다. 그랬는데, 내가 전역하고 고향에 돌아간 날, 따가운 여름 태양이 쏟아지는 역 광장에 부시장의 이름이 적힌 현수막이 걸려 있었다. 대학 사 학년 때 행정고시에 합격했던 거였다.

나는 고개를 돌리지 않았다. 곁눈질로 부시장의 움직임을 살피면서 걸었다. 부시장은 이를 드러내고 나를 뒤따라왔다. 그 옆에는 내 상관인 총무국장도 보였다. 한순간에 부시장은 내 소매를 잡았다. 이왕 이렇게 된 거 인사만 하고 그 자리를 벗어나려고 했다. 내 마음을 알 턱이 없는 총무국장은 이분이 새로 오신 부시장님이신데, 하면서 기어이 그와 마주하게 했다. 부시장은 나보다 더 고개를 숙이며 내 얼굴을 확인했다. 웃음기 띤 목소리로 말했다. "아, 똥차, 맞네." 나는 불쾌한 표정으로 그를 쳐다봤다. 그는 내 마음을 읽었는지 반가워서 그랬다며 어색한 분위기를 돌리려고 애썼다. 그 자리에는 나의 팀원들도 있었다. 부시장이 똥차하고 말할 때, 눈치 빠른 팀원은 말했다. "팀장님하고 부시장님이 친구 되시는가 봐요." 어떤 팀원은 한술 더 떴다. "팀장님, 학교 다닐 때 별명이 똥차였어요?"

　나하고 고등학교를 같이 다닌 녀석들은 나를 똥차라고 불렀다. 정확하게 말한다면 나는 실제 똥을 실어 나르는 사람의 아들이었다. 나는 가끔 아버지가 운전하는 똥차의 조수석에 앉아서 종소리를 울리며 읍내를 돌았다. 아버지 조수로 일하는 사람에게 무슨 일이 생길 때만 그랬어도, 어쨌든 학교 친구들은 그 사실을 다 알고 있었다.
　읍내에 사는 사람들은 화장실에 배설물이 차오르면 아버지 차의 종소리를 기다렸다. 사람들은 아버지 차로 다가와 아저씨, 우리 집 하고 말했다. 그러면 아버지는 차를 세우고 운전석에서 고개를 끄덕였다. 차에서 내려 배설물 탱크 위에 얹혀 있는 굵은 호스를 길에 내렸다. 흡입구를 잡아들고 앞서가는 사람의 배설물이 쌓인 곳으로 달려갔다.

　아버지가 읍내 사람들의 배설물만 처리하는 건 아니었다. 누군가 죽거나 누군가 시집이나 장가가는 일이 있으면 동네 사람들은 아버지를 찾아와 돼지를 잡아줄 수 있느냐고 물었다. 아버지는 돼지 잡아주면 쓸개를 줄 수 있는지만 물었다. 그럴 수 있다고 대답하면 부엌에서 칼을 가져와 숫돌에 갈았다. 녹이 사라진 칼날은 번쩍거렸다. 아버지는 엄지를 칼날에 갖다 대면서 상태를 확인했다. 그날이 토요일 오후거나 일요일이면 나를 데리고 나갔다. 전쟁에 나가는 군인처럼 옆구리에 칼을 차고 한 손에 삽을 들고 집을 나섰다.

　아버지를 따라 냇가로 가면 검은 돼지가 기다리고 있었다. 돼지 옆에는 술상도 차려져 있었다. 아버지는 손바닥으로 돼지 엉덩이를 툭 치고 잔에 술을 부어 냇가 주위에 휘이 하면서 뿌렸다. 돼지 등에도 술을 뿌렸다. 그리고 아버지도 한잔 쭉 들이켰다. 그러고는 삽을 쥐고 둑 근처에 구덩이를 팠다. 돼지를 구덩이로 몰아넣고 돼지 왼쪽 귀를 왼손으로 쓰다듬었다. 왼손으로 돼지의 왼쪽 눈을 가리면서 오른손에 쥔 칼로 돼지의 심장을 찔렀다. 돼지는 퀠 소리를 지르고 구덩이로 허물어지듯 주저앉았다. 동네 사람들은 그 모습을 지켜보며 고개를 돌렸다.
 아버지는 늘 돼지 해체 작업을 하면서 변해 갔다. 술을 계속 마셨다. 취했고 말이 많아졌고 몸을 가누지 못했다. 그런데도 아버지의 몸은 돼지 해체 작업을 정확히 기억했다. 신들린 듯 짚단에 불을 붙여 돼지털을 태우고 배를 갈랐다. 내장이 나왔고 배에서 김이 솟아올랐다. 배 속에 있던 회충은 가늘고 하얀 몸체를 꿈틀댔다. 아버지는 회충을 손으로 잡아 냇물에 휙 던졌다. 내장 사이로 손을 밀어 넣고 쓸개를 찾아 칼로 잘라냈다. 돼지 쓸개는 갓난아기 주먹만 했다. 아버지는 그것을 씻지도 않고 입안으로 털어 넣었다. 아버지도 쓸개를 삼키는 건 쉽지 않았다. 쓸개가 목에 걸려 눈에서 눈물이 고였다. 웩웩 하면서 기어이 삼켰다.

 동네 사람들은 아버지에게 부탁할 때는 몸을 낮췄다. 그러나 뒤돌아서면 똥차라고 불렀다. 그리고 동네 사람들의 아들들은 나를 똥차라고 불렀다. 그런 소리를 들을 때마다 창피하고 억울했다. 동네 사람들은 아버지 앞에서는 대놓고 똥차라 부르지 못하는 이유가 있었다. 아버지는 베트남전 참전 용사였다. 아버지는 거나하게 취하면 나에게 말했다. "나는 월남

갔다 온 해병대 출신 아이가" 어쨌든 아버지는 거기서 살아남은 사실을 자랑스러워했다. 아버지가 처음 똥차를 몰고 읍내로 왔을 때 아버지 앞에서 똥차라 불렀던 사람들이 있었다. 아버지는 그들에게 전쟁터의 맛을 보여 주었다. 똥차라고 입을 놀린 동네 사람은 코피를 쏟았다. 그런 일이 있고 나서 아버지 앞에서 똥차하고 말하는 사람은 없었다.

나는 아버지의 전쟁 이야기가 궁금했었다. 대학에 입학한 뒤 도서관을 뒤져서 아버지가 말한 전투를 기록한 책을 대출해서 읽었다. 1967년 2월 14일 북베트남군 제2사단 제1연대 제60대대와 제21연대 제40대대, 쾅나이성 게릴라 한 개 대대 등 2,400여 명이 짜빈동 부근에 모였다. 북베트남군은 2월 15일 새벽 네 시경부터 아버지가 속한 11중대를 공격해 왔다. 삼 개 대대 이상의 2,400명이 넘는 적군은 포병의 지원을 받으며 많은 사상자를 내면서도 인해전술로 공격했다. 이에 맞선 제11중대 병력은 장교 10명과 사병 284명 등 총 294명에 불과했다. 그래도 제11중대는 포병 화력을 집중하여 적을 쓰러뜨렸고, 가까이서 총을 쏘고 주먹으로 싸우며 끝내 적을 물리쳤다. 네 시간이 넘게 피 흘리며 싸운 뒤 제11중대는 적 확인 사살 243명, 추정 사살 60명, 포로 2명의 전과를 올렸다.

아버지가 소속된 11중대는 아군은 전사 15명, 부상 33명의 희생을 치렀다.

나는 어릴 적에 키도 몸도 작고 볼품없었다. 똥차! 하고 부르는 동네 아이들에게 대들었다가 더 당할까 봐 그냥 참고 살았다. 또래 녀석들이 볼 때 나는 동네 사람들이 뒤에서 대놓고 무시하는 사람의 아들이 맞았다. 그래서 또래 녀석들은 내가 무시당하는 배역을 맡는 게 당연하다고 믿었는지 모르겠다. 내가 수업이 끝난 뒤 부진아 수업반에서 코를 흘리며 받아쓰기 연습하는 모습을 보기 원했는지 모르겠다. 그런데 나는 전교 조회가 있는 날 전교생 앞으로 조회대에 올라가 성적우수상을 받았다. 내가 상을 받고 난 뒤 또래 녀석들은 그들의 부모에게 똥차 아들도 상을 받는데 너는 뭐냐, 하는 소리를 들었다고 하면서 나한테 화풀이했다.

동기들은 내가 중학교에 가면 그들이 기대한 대로 될 거라고 여겼다. 그러나 나는 반 편성 배치고사부터 그들보다 나은 성적을 받았고, 입학식 날 전교생이 앞에서 장학금을 받았다. 초등학교 동기들은 그런 내 모습을 보며 다른 초등학교 나온 녀석들에게 내 별명을 퍼뜨리기 시작했다. 그러면서 중학교

삼 년 동안 똥차로 불렸다. 나는 그것이 싫어 기를 쓰고 다른 도시에 있는 남자고등학교로 갔다. 낯선 곳에 가면 내 별명이 따라오지 않을 줄 알았다.

그런데 고등학교에 가서도 중학교 동기들을 만나고 말았다. 낯선 도시에서 자취하면서 남고를 다니는 일은 만만찮았다. 교실 내 서열 다툼이 힘겨웠다. 자신의 힘을 과시하려고 상대를 고르는 양아치 녀석이 있었다. 중학교 동기들도 그 녀석을 보고 맞서기에는 부담을 느꼈는지 힘들어했다. 그러나 그들은 축복받았다고 볼 수 있었다. 그들에게는 내가 있었다. 중학교 동기 녀석이 양아치 앞에서 나를 똥차라고 불렀다. 그러자 양아치가 내 머리를 툭 치면서 똥차라고 불렀다. 그러자 다른 중학교를 나온 녀석들은 나의 중학교 동기들에게 내가 왜 똥차인지 물었고, 중학교 동기들은 다른 녀석들에게 아버지에 대해 말했다. 그리고 고등학교에서도 나를 처음 보는 녀석들조차 나를 똥차라 불러댔다. 고등학교에서 와서도 나는 똥차가 되고 말았다. 그런 일을 겪으면서 나는 지금까지 아버지를 원망하고 외면하고 있었다.

목련이 질 때부터 부시장은 월요일마다 나를 부시장실로 불러댔다. 처음 갔을 때 대뜸 물었다. "자네, 올해가 고등학교 졸업 30주년인 걸 아는가?" 용건은 이랬다. 여름에 졸업 30주년 기념 모교 방문의 날 행사를 하는데 자기에게 행사추진위원회 부위원장을 하라고 추대해서 어쩔 수 없어 맡게 됐다는 거였다. 여러 번 못 한다고 했는데도 감투를 쓰게 되었다고 너스레를 떨었다. 내가 볼 때 광역시 부시장이 된 자기 모습을 동기들 앞에서 자랑하고 싶어 하는 거 같았다. 어쨌든 부시장은 지난 월요일까지 나를 부시장실로 불러서 모교 방문의 날 행사 진행 상황을 알려줬다. 그리고 서울에 가서 동기들을 총동문회장을 만났다고 했다. 얼마 전에는 뉴질랜드로 이민 간 동기의 연락까지 받았다고 자랑했다. 그런 거까지는 들어줄 만했다.

그런데 내가 자기 밑에서 근무하고 있다는 걸 동기들에게 알렸다고 했을 때는 정말 미칠 거 같았다. 그 뒤 얼굴도 기억나지 않는 모교 방문의 날 준비위원을 맡았다는 동기의 전화까지 받아야 했다. 그는 카카오톡 단체채팅방으로 나를 초대까지 했다. 그때마다 나가기를 누르고 채팅방에서 나와버렸다. 계속 초대하고 나중에는 모교 방문의 날 행사 비용을 내라고 계좌번호까지 문자로 보냈다. 고등학교 다닐 때 졸업하기만 기다리고 산 내가 그 행사에 갈 마음이 생길 까닭은 없었다. 회비를 내라고 계좌번호까지 보내는 건 더더욱 받아들일 수 없었다. 내 마음을 알 리 없는 부시장은 마주칠 때마다 회비를 냈느냐고 물었다. 내가 대답하지 않고 있으면 자기가 행사를 주관하는 부위원장인데 자기 밑에 있는 내가 협조하지 않으면 동기들이 뭐라고 하겠느냐며 은근히 압박해 왔다.

나는 결국 무너져 버렸다. 그리고 지금 숙소를 향해 걸어가고 있었다. 부시장 때문에 이 길을 걷는 게 아니라 내가 승진하고 싶어서 걷는 거라고 합리화했다. 나는 성인이 된 뒤에도 여전히 키도 작았고 몸도 마찬가지였다. 얼굴은 새까맣고 몇 년 전부터 정수리 머리털까지 빠져 더 볼품없어져 버렸다. 그래도 몇 년 전부터 주민 생활지원팀장을 맡아왔다. 팀원들은 내가 팀장이 아니라면 만만하게 대했을 거였다. 사실 일할 때 우리 팀원들이 나를 대하는 것과 다른 팀원들이 그들의 팀장을 대하는 것도 차이가 났다. 인정하기 싫은 사실이었다. 술자리에 가도 꼭 선을 넘는 팀원들이 있었다. 일 차 술자리에서는 그런대로 선을 지켰다. 이 차, 삼 차 술자리로 이어지면 태도가 달라졌다. 팀원들은 내 키, 얼굴, 몸집, 텅 빈 정수리를 말하기도 했다. 어떤 팀원은 빨리 사무관 승진하라고 후배들 앞길 막는 선배로 남지 말아 달라고 기분 나쁜 충고를 하기도 했다. 그 자리에서 불쾌한 표정을 지어 속 좁은 팀장이라는 뒷말도 돌았다.

게다가 나와 비슷한 또래들은 재작년부터 사무관으로 승진해 동장이나 면장으로 나갔다. 나도 승진하고 싶었다. 그런데 팀원들 평가가 만족스럽게 나오지 않았다. 작년에는 상급자들 평가가 시원찮아 뜻대로 되지 않았다. 내년에는 꼭 승진해 동장이나 면장으로 나가고 싶었다. 그러니 부시장이 내 승진에 영향을 미치는 건 분명했다. 부시장이 주관하는 행사에 가지 않겠다고 버티는 건 곤란한 일이었다.

내가 처음 입직한 곳은 면사무소였다. 면장실에 들어가 첫 인사를 할 때 면장이 뭐라고 했는지는 기억나지 않았다. 그러나 그때 내가 속으로 다짐한 건 기억하고 있었다. '나도 면장처럼 나만의 공간을 차지할 때까지는 일만 하자.' 작년부터 그 공간에서 할 일도 하나둘 생각하고 있었다. 직원들보다 한 시간 일찍 출근하고 한 시간 늦게 퇴근하면 하루에 두 시간을 벌 수 있는데 그 시간에 나이 든 공무원들이 업무에 바로 활용할 수 있는 컴퓨터 사용법을 알려주는 책을 쓰고 싶었다. 선배들 가운데 컴퓨터 활용 능력 때문에 자신감을 잃고 명예퇴직을 신청하는 걸 더러 봐온 탓이었다. 그들은 업무를 하다가 컴퓨터 사용법이 막히면 불안한 눈빛으로 컴퓨터를 잘 다루는 후배들을 찾아 헤맸다. 컴퓨터를 잘 다루는 직원은 간단한 컴퓨터 사용법을 가르쳐주면서 엄청난 것을 베푸는 것처럼 굴었다.

사실 나는 공무원으로 십 년 차 때『공무원 업무에 바로 활용할 수 있는 엑셀』,『일주일만 투자하면 엑셀 초보 탈출』이란 제목으로 책도 두 권 냈었다. 그때는 시청에서 컴퓨터를 나만큼 다루는 직원은 없었다. 동료들 앞에 나가서 컴퓨터 활용법 강의를 하기도 했다. 그런데 지금 들어오는 신입 직원들은 태교 때부터 컴퓨터를 하고 나온 거 같았다. 내가 알고 있는 컴퓨터 관련 지식만으로 그들 앞에서 나설 자리는 점점 줄었다. 승진해 나만의 공간을 얻어 나를 더 성장시키고 싶었다.

어쩔 수 없이 나는 어제저녁 부시장실로 찾아가 오늘 행사 일정을 물었다. 그는 모교 행사에 참석한 뒤 여유가 되는 동기들하고 골프를 칠 거라고 했다. 골프 모임에 가지 않은 동기들은 학교에서 뒤풀이하고 늦은 오후에 은사들과 함께 버스를 타고 숙소로 갈 거라고 알려주었다. 그러면서 나도 자기 차로 함께 내려가자고 했다. 그와 같이 움직이면 행사장에서 동기들을 만날 게 뻔했다.

부시장에게 집안 동생의 결혼식이 있어서 거기에 들렀다가 숙소로 갈 거라고 둘러댔다. 그러자 부시장은 모교 방문의 날 행사 다음 날 대전 대공원에서 열리는 장미 축제에 가서 지역구 국회의원을 만나야 한다고 했다. 저녁 열 시 정도에 숙소에서 나가야 한다는 거였다. 술을 마셔 운전하기 곤란하므로 나에게 자기 차를 운전해 줄 수 있냐고 물었다. 그쯤은 충분히 해 줄 수 있었다. 나는 어디까지나 부시장의 마음만 불편하지 않게 하면 되는 거였다. 동기보다 먼저 추억 펜션에 도착해 방을 따로 잡고 부시장이 나에게 전화하면 받지 않을 작정이었다. 그리고 난 뒤 사정이 있어 열 시에 부시장에게 전화하겠다는 문자를 보낼 생각이었다. 열 시에 전화로 부시장을 불러내 몰래 나가면 되는 거였다.

이십 분 정도 더 걸었다. 느티나무가 보였다. 정자로 가서 앉았다. 배낭을 풀고 지퍼를 열어 수건을 꺼내 이마에 흐르는 땀을 닦았다. 보는 사람이 없어 윗옷도 벗고 겨드랑이와 등에 흐르는 땀까지 닦았다. 생수를 꺼내서 마셨다. 마침 바람도 불었다. 느티나무가 눈에 들어왔다. 금줄을 쳐놓은 줄기의 둘레는 어른 세 사람이 팔을 뻗으면 닿을 정도였다. 밑줄기 근처에는 경계석을 세우고 그 위에 철 구조물을 설치해 놓았다. 경계석 앞에는 수령 오백 년이 됐다는 안내문이 적힌 표지판이 서 있었다. 느티나무는 세 줄기가 크게 뻗어 있었다. 하늘로 뻗은 가지가 있었다. 한 가지는 서쪽 들판으로 뻗었다. 북쪽으로 비스듬히 뻗은 가지는 정자 지붕을 가려주었다. 흙 밖으로 나온 뿌리에는 소원을 빌고 간 사람들이 막걸리를 뿌린 흔적이 남아 있었다.

이 나무가 어느 정도로 컸을 때 사람들이 찾아와 소원을 빌었을까 궁금했다. 안내 표지판에는 군청에서 느티나무를 보호수로 지정하여 특별관리하고 이 나무에 소원을 빌면 들어준다는 설명도 보였다. 그 설명이 우습게 보였다. 내 승진은 느티나무에게 빌어서 될 일이 아닌 거 같았다. 오늘 일을 잘 끝내고 부시장에게 내 마음속에 있는 말을 하면 부시장은 느티나무보다 더 확실하게 내 소원을 들어줄 수 있을 거 같았다.

나는 느티나무를 뒤로 하고 또 걸었다. 언덕길로 접어들었다. 길은 산허리를 잘라 만들었다. 왼편으로는 비탈이 있었다. 오른편에는 산을 깎아내고 터를 다진 곳이 여러 군데 보였다. 펜션단지가 들어설 모양이었다. 덤프트럭의 타이어 자국이 길에 나 있었다. 펜션 공사장으로 덤프트럭이 다닌 듯했다. 나는 주변을 살피며 쉬지 않고 걸었다. 뒤로 승용차 엔진 소리가 들리는 거 같았다. 소리 나는 쪽으로 고개를 돌렸다. 검은색 세단이 내 옆으로 속력을 줄이면서 다가왔다. 문에 찍힘 방지 스티커까지 붙어 있는 신형 그랜저였다. 차가 내 옆에 멈췄다. 조수석 문이 내려갔다. 선글라스를 쓴 사내가 차창 밖으로 고개를 내밀어 나를 쳐다봤다. 나도 그 사내를 바라봤다. 사내가 선글라스를 벗으면서 물었다. "똥차, 나 모르겠나?"

그를 바라보았다. 얼굴은 작았고 윤기가 흘렀다. 눈이 그윽한 게 매력이 있어 보였다. 목에는 준비위원이라고 쓴 표지를 걸고 있었다. 숙소에 먼저 들러 일행을 맞을 준비를 하러 온 거 같았다. 나는 손에 들고 있던 등산 모자를 눌러쓰면서 고개를 흔들며 그를 지나쳐 버렸다. 그러자 운전석에 앉은 사내가 창밖으로 고개를 내밀고 또다시 불렀다. "똥차!" 그들을 무시하고 언덕길을 빠르게 걸었다. 그들은 내가 무시한 게 마음에 걸렸는지 내 옆으로 차를 바짝 붙이고 속도를 줄이면서 따라오기 시작했다. 조수석에 앉은 사내가 다시 "똥차, 나, 모르겠나?"하고 얼굴을 차창 밖으로 내밀었다. 나는 그래도 그들을 무시하고 길옆 왼쪽 비탈로 내려가 버렸다. 그러자 나를 더는 부르지 않았다.

차는 속도를 높여 굽은 언덕길로 사라졌다. 그들이 간 걸 확인하고 언덕길로 다시 오르자 타이어 타는 냄새가 났다. 나는 차에 탄 녀석들은 기억할 수 없었다. 그 녀석들하고 말을 섞어 본 적조차 없었다. 그 녀석들은 다른 녀석들이 부르는 내 별명 그리고 그 녀석들이 들려주는 이야기만 듣고 나를 알고 있었던 거였다. 삼십 년이 지났는데 내 별명은 기억하고 또 나를 봤다고 새로운 기억을 만들어 낼 거였다. 아주 작은 기억 한 조각 같은 내 별명은 썩지 않았다. 기억이 썩지 않는 방법을 연구해 방부제를 만들거나 아니면 나쁜 기억을 영원히 지워 버릴 수 있는 약을 만들면 돈벼락을 맞고도 남을 거 같았다.

나는 다시 언덕길을 오르기 시작했다. 조금 앞에 굽은 길이 나타났고 뒤에서 뿌 하는 소리가 들렸다. 돌아보니 은색 BMW가 언덕길을 올라오고 있었다. 운전자는 굽은 길에 사람이 있는지 확인하기 위해 경음기를 울린 듯했다. 왼쪽 비탈 쪽으로 물러나 그 차가 지나가길 기다렸다. 언덕길에 왼쪽 비탈에 계곡 쪽으로 쓰러진 소나무가 보였다. 줄기 둘레는 내 팔로 안으면 손바닥이 팔꿈치를 감쌀 정도였다. 나무의 우듬지는 계곡으로 향해 있었다. 뿌리는 언덕길에서 보였다. 둥글게 사방으로 펼쳐진 뿌리를 보았다. 줄기와 달리 뿌리는 지금이라도 흙을 덮고 물을 주면 살아날 거 같았다.

　나는 나무가 쓰러진 과정을 상상했다. 사람들이 길을 닦기 위해 산허리를 깎는다. 언덕길 쪽에 있던 소나무 뿌리를 덮었던 흙이 사라져 버린다. 계곡을 향한 뿌리는 아직 흙을 충분히 덮고 있다. 그러나 나무는 자꾸 계곡으로 기울어 가고 언덕길 쪽으로 드러난 뿌리도 힘에 겨워 밑둥을 드러내기 시작한다. 태풍이 불자 맥없이 쓰러지고 만다.

　나는 쓰러진 나무를 보기 위해 비탈길을 내려갔다. 가지에 붙어 있던 솔잎이 나무 근처에 먼저 떨어져 푹신했다. 밑둥에는 나무껍질 흔적이 남아 있었다. 줄기에 붙어 있었던 나무껍질은 비탈에 떨어져 버석하게 변해 있었다. 목질부가 드러난 줄기에는 버섯이 나 있었다. 줄기 안을 채운 송진이 다 빠져나가 버리고 없었다. 대신 몸 색깔은 희고 머리 색깔은 누런 흰개미가 나무를 파먹으며 살고 있었다. 줄기 속에는 다른 미생물이 들어차 줄기를 손가락으로 누르자 스펀지처럼 움푹 꺼져 들어갔다. 줄기에 붙은 잔가지들은 살짝 당겼는데도 부러졌다. 줄기 옆에는 빠짝 마른 밥공기만 한 새 둥지도 있었다. 나무가 쓰러질 때 그 둥지에 있었던 새끼 새들도 죽었을 거 같았다. 새끼 새들의 흔적을 찾기 위해 둥지 주변을 뒤지기 시작했다. 솜털이 난 상태라면 몰라도 깃털이 올라왔으면 그 흔적이 남아 있을 거였다. 흙먼지를 뒤집어쓰고 있는 깃털들이 보였다.

언덕을 향해 둥글게 뻗쳐있는 뿌리 쪽을 살폈다. 땅 밖으로 나왔던 기둥과 가지는 사라져 가는 듯했지만 뿌리는 변하지 않았다. 철사 줄을 얽어 짠 듯이 원줄기를 중심으로 뿌리 그물이 퍼져 있었다. 소나무가 넘어지기 전부터 뿌리 그물이 땅속 흙을 돌돌 말고 있었을 거였다. 소나무 뿌리 사이에는 아기 주먹만 한 돌, 성인 남자 주먹만 한 돌, 아기 머리만 한 돌, 성인 머리만 한 돌들이 박혀 있었다. 소나무 뿌리는 돌을 감싸며 뿌리를 뻗어 나간 시간을 사람들에게 말하는 거 같았다. 고개를 돌려 비탈을 바라보았다. 비탈에도 뿌리 사이에 박힌 크고 작은 돌들이 많았다. 땅을 파면 흙만 나오는 게 아니었다. 땅을 조금만 파고 들어가면 돌이 나왔다. 이 소나무도 비탈에 뿌리를 내리다 돌을 만나면 돌을 피하면서 뿌리를 뻗었을 터였다. 마치 내가 살아온 것처럼.

나는 다시 언덕길을 올랐다. 드디어 펜션 건물이 보였다. 입구에 추억 펜션이라고 새긴 내 키만 한 바윗돌이 서 있었다.

주머니에서 휴대폰을 꺼내 그 바위를 배경으로 내 얼굴이 나오게 사진을 찍었다. 연락처를 검색해 부시장 번호를 찾았다. 추억 펜션 글씨가 새겨진 바위와 내 얼굴이 나온 사진을 문자 메시지로 부시장에게 보냈다. 잠시 뒤 휴대폰이 울렸다. "라운딩 끝내고 간단하게 맥주 한잔하는 중, 강 팀장 나중에 봐." 어쨌든 나는 부시장의 마음을 저버리지 않는 부하 직원이 된 셈이었다.

인터넷에서 본 하얀 이 층 건물이 보였다. 건물은 남쪽으로 향했다. 펜션 방의 출입문은 북쪽으로 나 있었다. 방문 앞에는 건물 바닥 면적과 비슷한 크기의 파쇄석이 깔린 마당이 있었다. 서쪽으로 간이 무대가 있어 이용객들이 간단한 공연을 할 수 있을 거 같았다. 마당에는 탁자가 열 개 정도 간격을 두고 놓여 있었다. 그 옆에는 고기를 굽는 장비가 갖춰져 있었다.

나는 마당을 지나 건물 한가운데 있는 펜션 사무실로 들어갔다. 반소매 검은색 라운드 티를 입은 중년 사내가 나를 맞았다. 그는 모교 방문의 날 행사에 왔느냐고 물었다. 나는 고개를 내흔들고 며칠 전에 예약한 사람이라고 했다. 사장은 저녁에 단체 손님들이 노래하고 떠들 건데 그래도 괜찮겠느냐고 물었다. 고개를 끄덕이며 신용카드를 내밀었다. 인터넷으로 이 숙소를 검색하면서 밤에 몰래 빠져나오기 쉬운 방을 골랐었다. 이 층으로 올라가는 계단은 사무실 밖으로 나가면 동쪽에 있었다. 이 층 동쪽 첫 번째 방을 예약했다. 동기들이 오기 전에 그 방에 들어가 문을 잠그고 부시장의 연락을 받고 나가면 동기들 얼굴을 마주할 일은 없을 거였다.

나는 사장에게 열쇠를 받으면서 사무실을 나오기 전에 펜션 마당과 다른 방 쪽을 둘러보았다. 조수석 차창 밖으로 고개를 내밀고 선글라스를 벗으면서 '똥차, 나 모르겠나?' 하고 불쾌하게 굴던 녀석이 있을 거 같았다. 굳이 마주쳐 불쾌한 기억을 보태고 싶지 않았다. 사무실에서 재빨리 나와 계단을 한꺼번에 두 칸 세 칸씩 뛰어올랐다. 열쇠로 방문을 열고 방으로 달려 들어가 문부터 잠갔다. 배낭을 벗고 땀에 절은 옷을 벗고 알몸 그대로 샤워실로 들어갔다. 샤워기를 틀고 몸을 씻었다. 잠시 뒤, 벌거벗은 몸으로 샤워실에서 나와 수건으로 몸을 닦았다. 그대로 침대에 누워 나 자신에게 말했다. 이제 계획대로 이곳을 빠져나가기만 하면 된다고.

똥차를 몰던 아버지가 오랜만에 꿈에 보였다. 늘 떠오르는 모습이었다. 냇가에서 검은 돼지가 아버지를 기다리고 있었다. 돼지 옆에는 술상도 차려져 있었다. 아버지는 손바닥으로 돼지 엉덩이를 툭 치고 잔에 술을 부어 냇가 주위에 휘이! 하면서 뿌렸다. 돼지 등에도 술을 뿌렸다. 아버지도 한 잔 쭉 들이켜고 삽으로 둑 근처에 구덩이를 팠다. 돼지를 구덩이로 몰아넣고 역시 돼지 왼쪽 귀를 왼손으로 쓰다듬은 뒤 눈을 가리면서, 오른손에 쥔 칼로 돼지의 심장을 찔렀다. 돼지는 퀄! 하고 구덩이로 허물어지듯 쓰러졌다.

그리고 그때, 스마트폰 벨소리가 꿈속을 뚫고 들어왔다. 그래도 나는 꿈에서 완전히 깨어나지 못했다. 눈을 뜨고 아버지를 찾았다. 아버지는 보이지 않고 벌거벗은 채 침대에 누워 있는 내가 보였다. 한 시간 반 정도 잠이 들었던 모양이었다. 언덕길을 올라 다리에 피가 잘 돌았는지 성기가 발기해 있었다. 창밖은 어둡지 않았다. 부시장은 동기들과 골프장에서 골프하고 있을 시간이었다. 탁자로 손을 뻗어 액정을 살폈다. 부시장이란 글자가 선명하게 보였다. 수신 거절을 눌러버렸다. 계획하고 있었던 대로 한 거였다. 다시 전화기가 울렸다. 역시 액정에 부시장이란 글자가 떴다. 뭔가 일이 생긴 거 같았다. 그래도 거절을 터치했다. 문자 수신음이 울렸다. 문자를 확인했다. "똥차, 당장 전화 받아, 부시장." 부시장은 나한테 문자로 명령했다. 다시 휴대폰이 울었다. 수신을 터치했다. 부시장의 다급한 목소리가 들렸다. "똥차, 빨리 사천CC로 택시 타고 와." 잠시 뒤 누군가 부시장을 비난하는 소리가 들렸다. "자기만 아는 놈, 또 혼자 살 거라고 도망가는 거야." 부시장도 지지 않고 말했다. "이 자식들, 내가 누군 줄 알고, 그딴 소리 지껄이는 거야." 누군가 과거의 기억을 꺼내 말했다. "누구긴 누구야. 체육대회 때 혼자 살 거라고 교실에서 처박혀 공부하던 새끼지." 골프장에서 부시장하고 골프 하던 동기들 사이에 다툼이 일어난 거 같았다. 부시장은 현재 자기의 모습으로 동기 녀석과 맞서고 있었다. 동기들은 과거의 부시장하고 다투고 있었다. 목소리가 걸걸한 거로 봐서 부시장의 상대는 일 학년 때 우리 반 반장을 하던 녀석인 거 같았다. 그때 부시장이 버럭 고함을 질렀다. "똥차, 너 내 말 듣고 있는 거야."

부시장의 전화를 받고 나자 왠지 홀가분해졌다. 지금 펜션을 나가면 나는 더더욱 동기들을 마주칠 일도 없었다. 만약 부시장이 동기들과 다투지 않고 펜션으로 왔다면 어떤 일이 벌어질지 알 수 없었다. 부시장은 어쨌든 나를 동기들 앞으로 불러내려고 했을 터였다. 부시장하고 말다툼을 벌인 동기가 고마웠다. 나는 이제 사천으로 가서 부시장 차를 운전해 대전으로 가면 내가 할 일은 끝나는 거였다. 그러면 나는 부시장의 요구를 다 들어준 부하 직원이 되는 거였다.

나는 펜션 사무실로 가서 열쇠를 돌려주었다. 펜션 사장은 들어오신 지 얼마 되지 않은 거 같은데 요금은, 하면서 뒷말을 흐렸다. 나는 제가 계약을 어긴 건데요, 하고 가볍게 말했다. 그러면서 사장님, 콜택시 불러 주실래요, 하고 말했다. 사장은 십 분 뒤 택시가 온다고 했다. 사장은 커피 마시면서 기다리라고 권했다. 동기들이 오기 전에 한시라도 빨리 펜션에서 나가고 싶었다. 사장에게 인사하고 펜션 입구로 걸어갔다. 눈앞에 펜션 입구로 들어서는 버스가 보였다. 나는 등산 모자를 눌러쓰고 입구로 나갔다. 동기들과 전혀 마주치지 않고 돌아간다는 생각만으로 오늘 하루를 보상받는 기분이었다.

등 뒤에서 버스가 멈추는 소리가 들렸고, 버스 출입문이 열리는 소리가 났다. 내 뒤로 사람들이 내리는 거 같았다. 내가 펜션을 완전히 벗어났다고 생각했을 때였다. 내 등 뒤로 "똥차"하는 소리가 들렸다. 그들은 버스 안에서 나를 보고 있었던 거 같았다. 그리고 확인하듯 내 별명을 불렀던 게 맞았다. "맞다. 똥차다. 똥차, 거기에 서 봐!" 나는 등산 모자를 눌러쓰고 고개를 돌렸다. 동기들의 모습이 쓰러진 소나무 뿌리에 박혀 있는 돌처럼 보였다. 나는 이제, 정확히 말해 그들을 마주할 용기가 없었다. 부시장이 온 뒤부터 소나무 뿌리처럼 돌을 피하거나 감쌀 힘이 없었다. 나는 "똥차!" 하는 소리를 피해 언덕길로 내달리기 시작했다.

슬픈 가마우지

어부는 가마우지가 잠수해서 잡은 물고기를 삼키지 못하게, 호흡만 가능할 정도로 목을 실로 묶었다. 그러면 가마우지는 물속으로 잠수해 들어가 커다란 물고기를 잡아 삼켜 목 안에 넣은 채 어부에게 돌아왔다. 어부는 가마우지가 잡은 물고기를 입에서 토하게 했다.

수업을 끝낸 뒤 교실 문을 나설 때 정말 목이 말랐다. 첫 수업을 한다고 긴장해서 그런 거 같았다. 냉장고에서 생수병 하나 꺼내서 벌컥벌컥 마시고 싶었다. 그런데 어디로 가야 물을 마실 수 있을지 알 수 없었다. 아침에 반갑다며 손을 내밀어 준 옆자리 교사가 떠올랐다. 빠른 걸음으로 교무실로 갔다. 그런데 느닷없이 교감이 먼저 나를 불렀다. 나는 평소 생각 깊게 예의를 갖춰 사는 사람은 아니었다. 그렇다고 처음 출근한 내가 교감이 부르는데 잠깐만요, 할 수는 없었다. 교감 자리로 가면서 무슨 일로 나를 부르는지 생각해 봤다. 딱히 떠오르는 게 없었다. 교감은 내가 가까이 다가가자 고개를 옆으로 틀고 나와 눈을 마주치지 않은 채 말했다. "여고 교장실에서 찾는데……" 그 말을 서너 번 반복했다.

나는 교감의 말을 들으며 며칠 전 여고 교장이 나에게 한 행동을 떠올렸다. 여고 교장은 특이했다. 재단 소속의 학교에 채용되는 교사가 있으면 자신의 교장실로 불러 특별면접을 했다. 나 역시 최종 합격자 발표 소식을 들은 뒤에 그를 찾아가지 않을 수 없었다. 월급을 받기 위해서는 다른 사람의 지시에 따라야 한다는 것쯤은 알았다. 심지어 부당한 지시라도 기꺼이 받아 받아들여야 한다고 생각까지 했었다.

그랬기에 직속상관도 아닌 여고 교장이 왜 부르지, 하면서도 그를 만나러 갔었다. 여고 교장실로 들어가자 머리가 조금 벗어진 사람이 나를 쳐다보고 있었다. 그에게 인사를 하고 이력서 내밀었다. 그는 그것을 쓱 훑어보고 내 얼굴을 보자마자 능글맞게 웃으며 말했다. "인상 참 더럽게 생겼네." 실실 비꼬면서 말하는 게 참 재수 없게 들렸다. 그때 나는 그가 나와 친분을 쌓으려고 일부러 허물없게 말하는 걸 수도 있다는 생각을 했다. 그러나 한편으론 초면에 너무 예의 없는 거 같다는 생각도 했다. 그랬기에 나도 모르게 교장을 슬쩍 노려봤는데 눈길이 마주치고 말았다.

그런데 이상했다. 대부분의 사람들은 내 눈빛을 보면 먼저 피하는데 교장은 그러지 않았다. 오히려 내 눈을 노려보면서 반말로 물었다. "너 싸움 잘해?" 나는 말문이 턱 막혔다. 고개를 비스듬히 숙이면서 몸짓으로 불쾌함을 표현했다. 교장은 다시 반말을 해댔다. "졸업한 지 꽤 됐는데 그동안 뭐 했어?" 나도 오기가 생겼다. "임용고사 준비만 네 번 했어요." 그러자 교장은 내 비위를 확실하게 거스르겠다는 듯이 말했다. "머리가 나쁜 게 맞네. 그러니까 임용을 네 번이나 준비해도 안 됐지." 교장은 내 지난 실패를 비난하고 있는 거였다. 나는 교장이 너는 우리 재단 소속 학교에 근무할 거고, 내가 놀리더라도 참을 수밖에 없는 처지잖아, 하고 비웃는 거 같아 속이 터졌다. 교장의 디스질이 계속되는데도 애써 속으로만 거듭 중얼거렸다. "어쨌든 육 개월만 참자."

그랬는데, 또다시 여고 교장을 만나러가야 하다니, 나는 선뜻 교감의 지시를 따를 수 없었다. 나에게 머리 나쁘다고 팩트 폭격을 날리던 여고 교장을 다시 보면 폭발할 거 같았다. 피할 수 없다면 어떻게든 그와 마주할 시간을 늦추고 싶었다. 교감 말에 대꾸하지 않고 양복 상의를 벗어 팔뚝에 걸치며 내 자리로 갔다. 의자를 거칠게 꺼냈다. 의자는 벽에 부딪혀 넘어지면서 소리를 냈다. 수업에 들어가지 않은 교사들은 불쾌한 표정을 지으며 나를 쳐다봤다. 나는 담담한 표정을 지으며 의자를 바로 세웠다. 의자 등받이에 양복 상의를 걸치고 철퍼덕 앉았다.

 감정이 격해져 교사들의 시선은 신경 쓰이지 않았다. 양팔로 머리를 감싸고 고개를 숙였다. 다시 팔을 책상으로 내렸다. 책상 위의 유리가 천장의 에어컨에서 나오는 바람에 차가웠다. 팔로 냉기가 올라와 몸까지 살짝 떨렸다. 땀이 밴 셔츠에 찬바람이 닿자 등줄기도 서늘해졌다. 몸의 열이 식으면서 약간 냉정해질 수 있었다. 조금 전 교감에게 불손하게 군 게 조금 미안했다. 사람은 인상으로 다 알 수는 없지만 어쨌든 교감은 눈꼬리가 내려간 게 순해 보였다. 성질깨나 있었으면 처음 출근한 기간제 교사가 자기의 말을 따르지 않는다고 한 소리 했을 거였다. 속으로는 나를 욕하고 있을 수도 있겠지만.

 나는 이 학교로 오기 전 무슨 일이 일어나도 참고 또 참자고 다짐했었다. 그런데 지금은 참지 못할 거 같았다. 내가 이 학교에 기간제 교사로 오기로 결심한 것도 임용고사에 간절히 합격하고 싶어서였다. 대학 졸업할 무렵에 아버지가 뇌경색이 생겼다. 결국 일을 놓아야 했다. 그래서 나는 마음 놓고 임용고사를 준비할 수 없는 처지가 되고 말았다. 졸업한 뒤 내 생활은 단조로웠다. 봄부터 여름까지 보습학원에서 강의하면서 고시학원 수강비를 모았다. 가을에 학원에 등록해 수업을 들었다. 그렇게 4년을 보냈다.

그러면서 서른이 되어 버렸다. 나는 올해 새해 첫날 아침부터 팔베개를 하고 텔레비전을 보고 있었다. 리포터가 정동진에서 해돋이를 보는 사람을 인터뷰하는 장면이 나왔다. 내 또래로 보이는 남자였다. 아이를 안고 올해는 둘째를 계획한다고 말했다. 그때 내 마음이 묘해졌다. 서른이 되도록 제대로 된 직장도 없이 임용고시 준비만 했는데, 일 차 합격조차 못 해본 내 처지가 한심했던 것이다. 자식을 품에 안고 해돋이 한 번 못 가볼 거 같다는 생각이 들어 서러워지기까지 했다. 그러나 나는 마냥 우울해할 수도 없었다. 내 옆에는 늘 뇌경색으로 몸을 제대로 못 쓰는 아버지가 있었다. 아버지를 봐서라도 나는 우울을 떨쳐내야만 했다.

나에게도 자존감이 넘치던 때가 없었던 건 아니었다. 특수부대에서 근무하던 시절, 함께 입대한 동기들은 엘리트 운동선수였거나 체육학과 출신들이 많았다. 그래도 나는 그들에게 꿀리지 않았다. 입대하기 전 지리산, 한라산, 설악산, 월악

산 등 국내 국립공원을 누비고 다닌 기백이 있었다. 천리행군 할 때 선임과 후임을 완벽하게 압도한 경험도 있었다. 나는 그때를 떠올리면 숨어 있던 자존감이 되살아나곤 했다. 나는 그랬기에 몇 번이고 임용고사에 도전할 수 있었다. 어차피 또래보다 취업과 결혼 다 늦었는데 뭐, 어쩌라고 하는 배짱도 가질 수 있었다. 그랬기에 한없이 우울했던 새해 첫날도 나는 아버지를 바라보며 생각했다. 올해는 눈 딱 감고 돈을 모으자. 그러면 내년에는 돈 걱정 안 하고 고시학원에 처박혀 시험 준비에 집중할 수 있을 것이다. 다행히 얼마 뒤 나는 한 학원에 이력서를 냈고, 학원원장도 내 결심을 듣고 일 년 동안 수업을 부탁했다.

그리고 일이 되려고 그랬는지 겨울방학 특강 때 종합편성 채널에서도 특수부대 출신들끼리 서바이벌 경기를 펼치는 강철부대란 프로그램까지 방영됐다. 그 프로그램을 본 남학생들 가운데 몇은 특수부대원을 동경하기까지 했다. 나에게도 특수부대 이야기를 해달라고 졸라 댔다. 그러면 나는 절로 반응했다. 비행기에서의 강하, 천리 행군, 국군의 날 특공무술 등 시범 활동을 들려주었다. 이야기가 시작되면 나도 모르게 욕도 튀어나왔다. 무술 시범을 말할 때는 몸이 기억하고 있는 동작까지 저절로 나왔다. 그러고 나면 다른 반 원생들도 수업 시간에 군대 이야기를 들으러 기웃거렸다. 학생들은 각자의 상상까지 더해 나를 대단한 사람처럼 여기곤 했다. 그러면 나도 덩달아 대단한 사람이 된 기분이었다.

그런데 세상일이라는 게 내 결심대로 다 되지 않았다. 참 얄궂게 학원에 아이돌처럼 생긴 수학 강사가 나타났다. 원장이 여학생들을 모으기 위해 작전을 짠 거였다. 그 강사는 아이돌처럼 노래를 부르고 춤까지 추면서 수업을 했다. 진짜 많은 여학생들이 학원에 몰려들었다. 수학 강사가 실력이 있었는지 여학생들은 그를 '뇌섹남'이라고 불렀다. 원장은 그 것을 보며 자신의 작전이 대박이 났다고 무척 기뻐했다.

그러나 나는 그럴 수 없었다. 내 수학 수업은 인기가 사라져 갔다. 결국 내 수업의 여름방학 특강모집은 바닥을 쳐버렸다. 원장 얼굴을 보기가 민망했다. 수학 강사와 식사하러 가는 것도 내키지 않았다. 학원에서 버티지 못할 거 같았다. 1월 1일에 세웠던 계획이 어그러져 영원히 실패한 사람으로 살아가야 할 거 같아 비참했다.

그래도 죽으란 법은 없는 거 같았다. 수강생 문제로 헤매고 있을 때 뜻밖에 학과 사무실의 조교에게서 연락이 왔다. 혹시 여중 기간제 교사로 일해보지 않겠느냐고. 퍼뜩 학교라면 수강생을 모으지 않아도 일정한 수입을 얻을 수 있다는 생각이 들었다. 예! 하고 바로 대답했다. 학교에서 육 개월 월급을 모으면 1년 동안 노량진에 가서 시험공부만 할 수 있을 거 같았다.

그러나 마음에 걸리는 게 있었다. 여중의 재단이었다. 그 법인은 유치원부터 사 년제 대학까지 소유했다. 이사장 일가는 도시에 있던 학교 터를 건설회사에 넘기고 이익을 챙겼다. 그래서 지방언론과 방송에서 그 재단은 학교를 부를 쌓는 수단으로 여긴다고 비난했다. 또 재단 이사장의 아들은 여고 교장인데, 나이 든 교감을 함부로 대하며 주먹다짐까지 했다는 소문이 돌았다. 기간제 교사들은 좀처럼 정식 교사로 임용시켜 주지 않는다는 것도 확실한 사실이었다. 그래서 우리학과 학생들은 그 재단 소속의 학교에 기간제 교사로 나가는 걸 꺼렸었다. 그래서 조교가 졸업한 지 한참 된 나에게까지 연락을 한 터였다.

사실, 나는 오늘 출근을 하면서도 여고 교장이 나를 못마땅하게 여길 걸 알고 있었다. 채용이 결정된 뒤 학교에 주민등록등본, 가족관계 증명서, 채용 신체검사서 등을 제출해야 했다.

참 얄궂게도 채용 신체검사가 내 뜻대로 되지 않았다. 채용 검사 날 담당 의사가 폐결핵이 의심된다고 하면서 검사서 발급을 미뤘다. 나는 의사에게 내가 특수부대 훈련도 이겨낸 사람이라고 건강에는 자신 있다고 큰소리를 쳤다. 그러나 의사는 폐결핵이 의심된다는 말을 계속하면서 채용 신체검사서 발급을 끝내 거부했다.

그렇게 채용 서류 제출이 늦어져 버리자 재단 사무국 직원이 전화 연락을 해 왔다. 그렇다고 직원에게 의사가 폐결핵을 의심하고 있다고 사실대로 말할 수 없었다. 직원이 언제 낼 수 있느냐고 물었다. 나는 내일 내겠다고 둘러댔다. 그런데 다음 날 의료원에 가도 검사서가 발급되지 않았다. 나는 결국 사무국에서 오는 전화를 받지 않았다. 그러자 학과 조교가 어떻게 된 일이냐고 연락했다. 직원이 여고 교장에게 보고한 모양이었고, 여고 교장은 학과의 아는 교수에게 전화를 해 젊은 친구가 서류도 제때 내지 않고 버릇없이 전화도 안 받는다고 험담을 했고, 내 사정을 교장은 나를 버릇없는 사람이라고 여긴 거였고, 그래서 내가 출근하면 불러서 혼내려고 단단히 벼르고 있었던 차였다. 그러나 여고 교장이 모르는 게 있었다. 여고 교장이 나를 막 대하면 내가 어떻게 변할지 나도 알 수 없었다.

슬픈 가마우지

교감 책상에 있는 전화기의 벨 소리가 들렸다. 교감은 수화기를 집어 들었다. "예, 교장 선생님."하면서 그는 의자에서 일어서서 전화를 받았다. 그는 둘러댔다. "교장 선생님, 강 선생, 벌써 여고 교장실로 갔습니다. 오늘 처음 와서 학교 지리가 서툰 모양입니다." 교감은 자기 앞에 여고 교장이 있는 것처럼 허리까지 굽혀 가면서 대답했다. 나는 교감의 모습을 쳐다보면서 몇 가지 생각이 스쳤다. 저 사람은 이 학교에 근무하면서 기쁘게 웃었던 일이 몇 번이나 될지. 교사로 임용되었을 때 한 번 웃고, 교감이 되었을 때 승진했다고 한 번 더 웃었을 거 같았다. 나는 그를 쳐다봤다. 어깨가 굽었고 머리숱도 적었다. 게다가 흰머리가 더 많았다. 이마와 눈가에는 깊게 팬 주름이 보였다.

주름이 깊게 팬 사람이 또 하나 있었다. 사립학교 교사로 일했던 나의 아버지였다. 엄마는 아버지를 막내 남동생처럼 다뤘다. 내가 고등학교 다닐 때 엄마는 아버지에게 자식들 교육에 관심이 없는 무심한 사람이라고 핀잔을 주었다. 아버지가 뇌경색이 발병하기 전에는 재테크도 못 하는 무능한 사람이라서 나이 오십이 넘도록 20평대 아파트에 산다고 비난했다. 엄마는 몸이 불편해진 아버지에게도 여전히 불친절하게 대했다.

그런 엄마와 아버지는 사내 커플이었다. 엄마는 행정실 직원으로 일하면서 아버지를 만났고, 결혼하면서 사표를 내고 전업주부로 살았다. 그러면서 무엇 때문인지 한 번도 아버지에게 친절하게 굴지 않았다. 늘 아버지를 닦달했다. 그럴 때마다 아버지는 엄마를 피해 조용히 방으로 들어갔다. 그런 아버지는 무척 외로움을 느꼈다. 주말이면 고향의 친구들을 그리워했다. 여윳돈이 없어서 고향에는 가지 못하고 혼자 소주를 마시며 쓰린 마음을 달랬다. 그렇다고 성질을 부리지는 않았다. 술에 취하면 방으로 들어가 컴퓨터를 켜고 학교 업무를 하는 사람이었다.

나는 목을 내밀고 등이 굽은 채 컴퓨터 화면을 보고 있던, 뇌경색으로 쓰러지기 전의 아버지가 떠올라 씁쓸했다. 그 모습에 늘 민물가마우지를 떠올렸었다. 민물가마우지는 뺨이 희고 몸이 길고 검은 잿빛을 지녔다. 길고 끝이 구부러진 주둥이와 긴 목을 이용해서 물고기를 재빠르게 낚아챘다. 게다가 물밑 이십 미터까지 잠수해서 물고기를 덥석 물었다. 길이가 삼십 센티미터 넘는 물고기도 새끼를 먹이기 위해 쉽게 삼켰다. 그런데 가마우지는 어부의 손아귀를 벗어날 수 없었다. 어부는 가마우지가 잠수해서 잡은 물고기를 삼키지 못하게, 호흡만 가능할 정도로 목을 실로 묶었다. 야행성 가마우지를 배에 묶고 물고기들이 모이는 곳으로 배를 저어간 뒤 등불을 밝혔다. 물고기가 등불로 모여 들면 긴 장대로 강물을 후려쳐 물고기를 몰았다. 그러면 가마우지는 물속으로 잠수해 들어가 커다란 물고기를 잡아 삼켜 목 안에 넣은 채 어부에게 돌아왔다. 어부는 가마우지가 잡은 물고기를 입에서 토하게 했다. 어부가 다시 가마우지를 배에 태우고 강으로 나가 놓아주면 가마우지는 또다시 물속으로 잠수해 들어가서 물고기를 잡아왔다.

아버지도 가마우지와 같은 재주는 있었다. 학교에서 수학을 담당했는데 컴퓨터를 잘 다루었다. 게다가 시를 쓰기까지 했다. 그런 재주를 교장이나 교감이 몰라볼 리 없어 학교에서 부장은 도맡아 했다. 컴퓨터를 다루는 정보부장, 교육과정을 편성하는 교육과정부장, 그리고 교무부장까지. 학교 교육과정을 편성하는 일, 전체 시간표를 짜는 일도 모두 맡아서 처리했다. 엑셀 프로그램도 능숙하게 사용하면서, 문장력도 있었기에 교장은 아버지를 믿었다. 아버지는 자신의 재주를 누군가 알고 써주기를 기다린 사람처럼 신나게 일했다. 주말과 방학에도 학교 일을 집으로 들고 와 해치웠다. 일에 몰두한 아버지가 식사 시간에 늦으면 엄마는 비웃으며 말했다. "그런다고 월급을 더 주더냐?" 그러면 아버지는 큰누나에게 꾸중 듣는 남동생처럼 머리를 긁적이면서 식탁에 앉았다.

그런 아버지도 가마우지처럼 삼키고 싶은 게 있었다. 아버지가 삼키고 싶은 물고기는 승진이었다. 나는 어느 날 아버지가 엄마에게 자기도 승진했으면 좋겠다고 말하는 걸 들었다. 엄마가 아버지의 이야기를 진지하게 듣지 않은 건 확실했지만. 아버지의 말에 엄마는 퉁명스럽게 대꾸했다. "교감하면 뭐가 달라지는데?" 아버지도 엄마에 대한 기대감이 없었기에 그런 비꼬는 말에도 전혀 실망하지 않았다. 나는 아버지가 그토록 원하는데 잘 되었으면 좋겠다는 생각을 했다.

그러나 나도 아버지가 승진할 가능성에는 고개가 저어졌었다. 나의 중학교 동기가 아버지가 근무하는 학교에 다녔다. 그 친구에게 아버지의 평이 어떤지 슬쩍 물어봤는데, 그 친구는 내 눈치를 보면서 말했다. 친구가 띄엄띄엄 흘린 말을 종합해서 정리하면 아버지는 학생들이나 다른 교사들에게 딱히 인정받는 편은 아니었다. 나는 그런 사실을 아버지에게 그대로 전할 수 없었다. 나라도 아버지 편은 돼줘야 할 거 같았다. 그런데 내가 아버지 승진을 위해 할 수 있는 일은 없었다. 대학교 등록금 비라도 부담을 덜어주자는 생각에 공부를 열심히 했다. 지금 생각해도 지방 국립대학교 사범대학에 합격해서 아버지의 학비 부담을 덜어준 건 정말 잘한 일 같았다. 어쨌든 아버지는 그렇게 바라던 교감이 되지 못하고 뇌경색으로 쓰러졌다.

내가 대학을 졸업할 무렵, 아버지는 얼굴이 벌겋게 달아오른 채 집으로 돌아왔다. 어지럼증을 호소하는데 발음이 명확하지 않고, 몸이 휘청거렸다. 엄마는 무리하게 학교 일을 해서 몸살이 난 거라고 대수롭지 않게 말했다. 아버지는 잠옷으로 겨우 갈아입고 밥도 먹지 않고 그대로 침대로 누웠다. 나와 엄마는 참 무지했다. 그날 아버지에게 뇌경색 증세가 나타난 거였다. 뇌경색은 세 시간 안에 병원으로 가서 혈전용해제를 투여 받으면 회복할 수 있는 병이었다. 그런데 나와 엄마의 무지로 아버지는 초기 대처를 하지 못했다. 병원으로 옮겨졌지만 뇌혈관이 막혀 뇌에 산소나 양분이 공급되지 않은 아버지는 다리를 마음대로 움직일 수 없게 되었다. 말도 어눌해져버렸다.

또다시 교감의 책상 위 전화벨 소리가 울렸다. 이번에도 교감은 전화를 받으면서 일어나 대답하기 시작했다. "예, 예." 전화한 사람은 여고 교장인 거 같았다. 역시 교감은 전화 통화를 하면서 나를 쳐다보았다. 그러고는 잔뜩 화가 난 표정을 지었다. 내가 여고 교장의 지시를 거부하고 있는 게 이해되지 않는지 고개를 내저었다. 그런 교감을 보는데 다시금 가마우지가 떠올랐다. 가마우지가 어느 정도 물고기를 잡으면 어부는 가마우지의 목에 감아 놓은 실을 풀었다. 그리고 잡은 고기 일부를 가마우지에게 주었다. 그러나 어부에게 길들여진 가마우지는 물고기를 먹지 않았다. 그러면서도 다시 물속으로 들어가 물고기를 잡아왔다. 교감은 기꺼이 강물 깊은 곳에 내려가 물고기를 잡아 오는 길들여진 가마우지처럼 나를 여고 교장에게 보내려고 애를 태우는 거 같았다.

   교감은 순한 사람이 맞았다. 내 인상이 더러워서 그런지 내 눈치만 보는 거 같았다. 나는 더는 교감이 여고 교장에게 쩔쩔매는 걸 두고 볼 수 없었다. 내가 계속 버티고 있으면 여고 교장이 교감을 여고 교장실로 부를 게 틀림없어 보였다. 여고 교장이 교감을 부르면 구부정한 교감은 나에게 아무 말도 못 하고 현관 밖으로 나갈 것이었다. 뙤약볕 쏟아지는 운동장으로 나가 머리숱이 듬성듬성한 두피에 땀을 흘리면서 여고 교장실로 달려갈 것이었다. 여고 교장에게 시달린 뒤 다시 교무실로 돌아와 나에게 제발 여고 교장실로 가 달라고 사정이라도 할 것이었다. 나는 교감에게 감정이 있는 게 아니었다. 계약상 교감은 6개월 동안 내 상관 역할을 하는 게 맞았다. 그를 힘들게 하면 안 되는 거였다. 내가 여고 교장을 만나면 어떤 일이 일어날지 나도 알 수 없었지만 더는 교감이 교장에게 시달리도록 내버려 두는 것도 옳지 않은 일이었다.

나는 의자에서 일어섰다. 또 바퀴 구르는 소리가 나면서 의자가 벽에 부딪혀 넘어졌다. 등받이에 걸쳐두었던 양복 상의가 바닥으로 떨어졌다. 나는 양복 상의를 집어 돌돌 말아 의자에 던졌다. 이번에도 교무실에 있던 교사들이 나를 쳐다봤다. 그들도 교감과 여고 교장이 전화를 주고받는 걸 보면서 돌아가는 사정을 안 것 같았다. 내 체격이 크고 인상이 강한 편이고 더군다나 초면인 상황이었기에 그들 중 누구도 교감을 대신해서 나에게 아무 말도 못하고 있었다.

나는 교감에게 여고 교장에게 간다고 말하지 않고 교무실 밖으로 나갔다. 복도의 뜨거운 공기가 훅 내 온몸을 감쌌다. 현관에서 구두를 갈아 신고 운동장으로 나갔다. 나무 그늘이 있는 보도로 향할 때 태양이 정수리로 따갑게 쏟아졌다.

나는 그늘로 들어섰다. 말매미 울음소리가 시끄럽게 들렸다. 교장실로 향하고 있는 나를 응원하는 소리인지 비웃는 소리인지 헷갈린다는 생각을 했다. 그러면서 지금 내 처지를 따져보았다. 나는 오늘 처음 출근한 기간제 교사였다. 여기서 내 편이 되어 줄 사람은 아무도 없었다. 그랬기에 평소 시끄럽게만 들렸던 말매미조차 내 편이 돼줬으면 하는 생각을 한 거 같았다.

　보도를 걷고 있는데 잎이 토란잎 크기 정도 되고 줄기도 파란 나무가 보였다. 나무 주위로 핑거 크레인을 실은 트럭이 와 있었다. 기계톱을 든 사람이 시동을 걸고 있었다. 시동이 걸리자 윙 소리가 말매미 울음소리를 삼켰다. 나무 밑동에 줄이 그어져 있었다. 기계톱으로 나무를 자르려고 표시를 해놓은 거 같았다. 나는 교장실 가는 걸 잊고 나무 자르는 걸 구경하기 시작했다. 기계톱을 든 사람은 액셀러레이터를 당겨 기계톱을 윙윙거렸다.

　나는 잘려나갈 나무를 올려다보았다. 나무의 우듬지는 학교 삼 층 교실 높이까지 자라 있었다. 기둥은 내 팔로 안으면 딱 맞을 듯 했다. 나무의 굵기로 봐서 학교 세워질 때부터 있었던 거 같았다. 어떤 졸업생들은 이 나무 아래에서 더위를 식히면서 힘을 내 공부를 했을 것이었다. 어떤 졸업생들은 이 나무에 등을 대고 말타기 놀이를 했을 터였다. 모교 하면 이 나무를 떠올릴 졸업생들도 더러 있을 것이었다.

그런 생각을 하면서 나는 여고 교장에게 가는 걸 잠시 잊었다. 이 나무를 왜 자르는지가 궁금해 그대로 서 있었다. 그런데 어디선가 담배냄새가 났다. 교무실 안에서부터 담배 생각이 간절했었던 걸 상기하며 주변을 둘러보았다. 느티나무 아래 벤치에 앉은, 챙 모자를 쓰고 등산용 조끼를 입은 중년 사내가 담배를 피우고 있었다. 학교 안에서는 분명히 담배를 피우지 못하게 되어 있었다. 그런데 떡하니 담배를 피우는 걸로 봐서 나무 자르러 온 인부 같았다. 나도 그 옆에서 담배를 피우면 되겠다 싶었다. 그런데 담배를 교무실에 두고 와버렸다. 처음 보는 사내 옆에 앉으며 말했다. "죄송한데, 담배 한 개비만……" 사내는 가느다란 담배 하나를 꺼내 벤치 위에 툭 던졌다. 내가 담배를 집어 들자 사내가 라이터도 던져주었다.

사내는 투박하게 행동했지만, 마음은 따뜻한 거 같았다. 나무 이름을 물으면 답해 줄 거 같았다. 혹시 저 나무 이름이 어떻게 되는지 물었다. 사내는 누군가 물어보길 기다렸던 사람처럼 말하기 시작했다. 무식하고 머리 나쁜 교장이 벽오동나무를 자른다고 욕부터 시작했다. 교장을 욕하는 거로 봐 나무 자르러 온 인부 같지는 않았다.

　내 궁금증은 오래 가지 않았다. 사내는 자신을 나는 소사라 생각하는데 사람들은 서 주임이라 부르지, 하고 자신을 소개했다. 그러면서 나보고 이번에 여중에 온 선생이 맞느냐고 물었다. 특수부대 출신이 하나 온다는 소문은 들었다고 했다. 그러면서 내가 근무했던 지역을 물었다. 내 답을 듣고 자기도 그곳에서 근무했다고 말했다. 나는 서 주임의 말을 듣고 일어나 차렷하고 거수경례를 했다. 어쩐지 그와는 앞뒤 재지 않고 마음이 전해지는 게 달랐다.

　같은 부대 출신이라는 것 하나로 서 주임은 오래전부터 알아 온 사람처럼 느껴졌다. 나이도 아버지와 비슷해 보여 더 친근감을 느꼈다. 그는 나에게 벽오동나무가 잘리게 된 사연을 말하기 시작했다. 자기 고향 집에 벽오동이 있었고, 그 밑동 옆에 난 나뭇젓가락 굵기 정도 되는 묘목을 자신이 이 학교에 근무하기 시작할 때 옮겨 심은 거라고 했다. 그러니까 자기가 근무한 햇수만큼 나무도 나이를 먹었다고. 학교에서 기능직이라 마음 터놓고 이야기할 동료도 딱히 없어 마음이 허해질 때는 소리 없이 자라는 벽오동을 보며 위안을 얻었다고.

그러고는 벽오동이 잘리게 된 사연을 말하기 시작했다. 잎은 오동나무 비슷하게 생겼으나 나무껍질이 초록색이라 벽오동으로 부른다고. 유월에서 칠월 사이 가지 끝에 원뿔 모양의 엷은 황색 꽃을 피우는데 꽃에 꿀이 많아 꽃이 떨어지면 미끄러워 학생들이 다칠 수 있어서 교장은 그러면 자기 책임이 된다고 당장 자르라고 지시했다고. 서 주임은 재단에서 삼십 년 넘게 일했는데 교장실은 찾은 적은 처음이었다고. 벽오동이 잘리는 게 꼭 자기 몸이 잘리는 것처럼 마음 아파서 꽃피는 시기에는 안전 펜스를 쳐서 사고를 막으면 된다고 사정했다고. 그런데 교장은 서 주임이 무슨 의견 따위가 있느냐며 말문을 막아버렸다고 울분을 터뜨렸다.

   서 주임은 저음 보는 사람 앞에서 흥분해서 미안하다고 말하면서 헛웃음을 웃었다. 그러면서 예전 사람들은 벽오동을 봉황이 깃들이는 곳으로 믿었는데 센스 없는 교장이 그런 이야기에 관심이나 있겠느냐면서 허탈하게 웃었다. 벽오동을 지키고 싶었는데 지킬 수 없는 자신이 무능해 보인다고도 했다. 그래도 교장이 자신에게 직접 자르라고 지시했는데 그건 거부했다며 쓴웃음을 지었다. 그래서 교장은 서 주임에게 분풀이하듯이 인부를 불렀고, 자신은 학교 안 벤치에 앉아 담배를 피우며 소심한 반항을 하고 있는 거라고도 했다. 이렇게밖에 하지 못하는 자신이 정말 초라해서 미칠 거 같다고 덧붙였다.

　서 주임의 교장 이야기에 나는 내가 교장실로 가던 중이었다는 사실을 상기했다. 내가 가야할 여고 중앙 현관 쪽을 쳐다보았다. 머리가 벗어진 사람이 하나 보였다. 여고 교장이었다. 교감은 내가 교무실에서 나갔을 때 여고 교장실로 갈 가는 거라는 판단을 했고, 그것을 보고한 모양이었다. 그런데 내가 나타나지 않자 여고 교장이 교감의 말을 확인하려고 밖으로 나온 거 같았다. 여고 교장 성격으로 봐서 내가 벤치에 앉아 있을 때 벌써 전화를 두세 번은 했을 터였다. 교감은 의자에서 일어나 구부정한 몸을 조아리며 역시 "예, 예"하고 대답했을 거였다. 이번에는 여중 현관 쪽으로 고개를 돌렸다. 역시 교감이 나오고 있었다. 걸음 속도가 빨랐다.

　여고 교장이 고함을 버럭 질렀다. "김 교감 어서 안 와요." 교감은 뛰다시피 걸으면서 대답했다. "예, 교장 선생님" 내가 교장실에 나타나지 않으니까 여고 교장은 결국 교감을 부른 거 같았다. 잠시 뒤 중앙 현관에 서 있던 여고 교장이 무슨 일인지 교감 쪽으로 달리기 시작했다. 여고 교장의 속도가 빨랐다. 둘이 만나는 지점은 아무래도 내가 앉은 벤치에 가까울 거 같았다. 나는 벤치에서 여고 교장을 만날 생각은 미처 하지 못했다. 머릿속이 복잡해졌다. 교감을 불러들이고도 참지 못하고 달려오는 여고 교장 성격으로 봐서 벤치에서 나에게도 뭐라고 할 게 분명했다. 교장실에서는 둘만 있으면 내가 그의 행동에 막 대하더라도 보는 사람이 없을 터였다.

그런데 지금은 서 주임, 교감 그리고 인부들까지 있었다. 내가 여고 교장에게 대응하다 일이 생기면 그들이 어떻게 나올지는 알 수 없었다. 물론 나에게 유리하게 말해 주는 사람도 있을 거였다. 그러나 지금은 내가 전혀 예상한 상황이 아니라서 나도 여고 교장이 나에게 화를 내면 어떻게 행동해야 할지 딱히 떠오르는 게 없었다. 그렇다고 도망갈 수도 없었다. 누차 말하지만, 정말 세상일은 뜻대로 되는 게 없었다. 나는 1월 1일에 세웠던 내 인생의 마지막 임용고사 준비 계획이 틀어질 거 같아 씁쓸했다. 그때 중학교 교무실에서 있었던 일을 알 까닭이 없는 서 주임이 벤치에서 벌떡 일어났다. 담배를 바닥으로 휙 던지고 발로 비벼서 껐다. 그러고는 투덜거렸다. "교장 저거, 내가 담배 피운다고 쫓아오는 거 봐라." 서 주임의 눈빛이 사나워졌다. 주먹을 말아 쥐고 있었다. 그 순간, 나는 왠지 길들여진 가마우지가 되면 안 되겠다는 생각이 들었다.

자리에서 일어나 앞으로 한 걸음 나서며 서 주임 앞으로 섰다.

화살이 사라진 자리에서

나도 예전에는 교사 조직이 정의롭고 공정한 줄로만 알았었다. 내가 학교 다닐 적의 교사들은 정의, 공정 따위를 수없이 강조했기에. 하지만 나는 기간제 교사로 일하면서 느낀 바가 컸다. 교사들은 업무상 문제가 생겼을 때만 정의와 공정을 들먹였다. 그것도 자기와 직접 관련된 이익이 없으면 가만히 있었다.

학년 부장이 심각한 표정을 지으며 학년실로 들어왔다. 부장은 모든 사람에게 잘해주는 사람이었다. 그런 부장이 심각한 표정을 짓는 경우는 두 가지였다. 교장이나 교감이 학년에 일어난 문제점을 지적한다거나, 학부모가 민원을 제기한다거나. 눈치 빠른 여교사는 부장의 마음을 풀기 위해 말을 걸었다. "부장님, 교장실에 갔었어요?" 부장은 고개를 흔들었다. 여교사는 또 물었다. "학부모가 민원을 넣은 건 아니고요?" 부장은 이번에도 심각한 표정을 지으며 고개를 흔들었다. 담임들은 부장이 오기 전 모처럼 일찍 퇴근한다고 들떠 있었다. 개학한 뒤부터 어제까지가 학생 상담 주간이었다. 담임들은 지쳐 있었다. 부장은 담임들의 표정을 살피면서 여러분 일찍 가는 날인데 회의해야 할 거 같아서요, 하고 말했다. 담임들은 예정에 없던 회의를 한다는 말에 불만스런 표정을 지었다. 그러나 나는 불만을 드러낼 수 없었다. 나는 기간제 교사였다.

  사실, 나는 기간제 교사 생활 삼 년째 되던 해부터 교사 회의라는 말을 들으면 심한 거부감이 일었다. 누군가 그 거부감의 이유가 뭔지 말해 보라고 하면 정확하게 말할 수는 없었다. 그러나 나는 지난해부터 양궁부가 있는 이 학교에 근무하게 되면서 그 거부감의 실체를 알게 되었다. 원하지 않는 양궁장 청소지도를 떠맡게 되면서 그 거부감의 실체를 알게 되었다. 아니 정확하게 말해 나는 교사회의를 하고 퇴근하는 날이면 내가 양궁선수가 되어 시합을 하는 꿈을 꾸었고, 그 꿈은 매번 같은 내용으로 반복 되었다. 그리고 교사회의를 할 때마다 나는 그 꿈을 떠올리며 상상 속으로 빠져들었다.

  나는 땡볕 아래 하얀 셔츠에 면바지를 입고 활을 들고 화살집을 허리에 차고 발사선에 서 있었다. 그런데 다른 선수들은 선글라스에 멋진 유니폼을 입고 있었다. 활, 화살, 조준기, 핑거탭, 팔 보호대, 화살집까지 장비를 제대로 갖추고 발사선에서 있었다. 또 그들 곁에는 코치까지 붙어서 바람의 세기나 방향을 살피고 알려주고 있었다. 어쨌든 심판처럼 보이는 사람이 발사대 근처를 서성이다가 나에게 다가와 물었다. 시합에 참여할 거냐고. 나는 고개를 끄덕이며 내 발사선 정면에 있어야 할 표적을 살폈다. 그러곤 심판에게 왜 표적이 없느냐고 따졌다. 심판은 내가 긴장해서 그런 거라고 했다. 마음을 편안하게 하고 정신을 모으고 자세히 보면 표적이 보일 거라고 했다. 심판 말대로 긴장을 풀고 집중에서 앞을 바라보자 표적이 보였다.

　잠시 뒤, 심판이 경기 시작을 알렸다. 다른 선수들은 화살을 쏘기 시작했다. 나는 화살집으로 손을 넣어 화살을 찾기 시작했다. 화살이 잡히지 않았다. 심판에게 화살집에 화살이 없는데 어떻게 된 거냐고 물었다. 심판은 정신을 집중하고 화살집을 더듬으면 화살이 손에 닿을 거라고 했다. 그의 말대로 정신을 모으고 화살집을 더듬었다. 화살은 손에 닿지 않았다. 나중에는 심판 말을 의심하기보다 내 정신력과 집중력이 부족한 걸 탓했다. 화살이 없어 시위를 당기지 않고 있었다. 심판은 내게 다가왔다. 나는 화살집에 화살이 없다고 다시 이야기했다. 심판은 그럴 리 없다고 했다. 오히려 경기를 지연시켰다고 주의하라고 경고했다. 다른 선수들이 쏜 화살이 표적 한가운데로 꽂히는 걸 보면 애가 타서 미칠 거 같았다. 화살을 쏘는 시늉이라도 해야 심판에게 야단은 맞지 않을 거 같았다. 화살 없이 시위를 당겼다 놓으면 활이 부러지고 시위가 팔로 날아가면서 상처가 남을 수 있었다. 나는 심판이 어디 있는지 확인하기 위해 두리번거리다가 매번 꿈에서 깨어났다.

오늘도 교사회의가 있다는 말에 나는 꿈을 떠올렸다. 담임들이 학년 부장에게 무슨 회의냐고 항의하는 소리에 정신을 차렸다. 어쨌든 회의 주제도 모르고 퇴근 시간마저 늦어지는 데 대해 담임들이 신경질을 내고 있는게 보였다. 모든 사람에게 잘해주는 부장은 그런 분위기를 느끼고 미안해 어쩔 줄 몰라 했다. 그런데 내 눈에 한 명의 담임이 보이지 않았다. 부장은 그를 기다리고 있는 거 같았다. 눈치 빠른 여교사는 백을 무릎 위에 올려놓고 불만스럽게 말했다. "최 선생이 회의를 제안한 거 같네." 최 교사는 양궁부 감독을 맡고 있는, 나에게 양궁장 청소지도를 떠맡긴 덩치 큰 체육 교사였다. 좋은 말로 카리스마가 있는 편이었다. 나쁘게 말하면 거친 성격이었다. 자기 일에 거슬리는 동료교사에게 완력을 썼다는 말이 돌기도 했다. 그래선지 교장이나 교감도 그를 함부로 대하지 못했다. 어쨌든 그는 작년에 교감 연수를 받고 다른 학교 교감으로 나갈 날을 기다리고 있었다.

회의를 제안한 최 교사가 나타나지 않자 남자교사 한 명이 최 교사를 비난하기 시작했다. 그가 최 교사의 과거를 들먹이자 몇몇 교사들도 최 교사에 대한 불만을 드러냈다. 최 교사는 배구 특기생으로 대학에 갔고 지금도 50대 선수 출신 팀에서 선수로 활동하고 있었다. 자기 팀이 전국 대회를 나갈 때면 몸 상태를 조절하기 위해 남자교사들을 모아 근무 시간이 끝난 뒤에 배구를 했다. 남자교사들도 최 교사와 두 세트 정도 뛰면서 그의 몸 상태 조절해 준 뒤에야 퇴근할 수 있었다. 그렇게 배구가 끝나고 퇴근을 하는 시간이 문제였다. 교통체증이 심한거였다. 나는 그 교사들 틈에 끼어들지 못하고 최 교사를 향해 쏟아내는 불만을 듣고만 있었다. 불만을 쏟아내고 있는 남자교사들이 양궁선수 유니폼을 입고 양궁 장비를 갖추고 발사선으로 올라가 표적이 된 최 교사를 향해 화살을 쏘아대는 것처럼 보였다.

사실 나도 최 교사에 대해 할 말은 많았다. 최 교사는 양궁부 감독이었다. 양궁을 가르치는 코치는 따로 있었다. 코치는 교직원이 아니라서 양궁부와 관련된 행정 업무는 할 수 없었다. 그랬기에 운동부가 있는 학교에서는 학교의 체육 교사가 감독을 맡으며 행정 업무까지 했고, 양궁부 예산을 관리했다. 당연히 코치도 예산을 타내기 위해 최 교사의 눈치를 볼 수밖에 없었다. 최 교사는 그런 코치의 처지를 잘 알았다. 양궁장 옆에 골프 연습장을 설치하고 자기 수업이 없으면 골프 연습을 했다. 그런 사실로 보면 최 교사 반이 양궁장 청소를 담당하는 게 맞았다. 그런데 최 교사는 교무 회의 시간에 꼭 체육 교사 반이 양궁장 청소를 할 까닭이 있느냐고 했다. 다른 과목 교사들도 양궁장 청소를 맡으면 자기 과목 외에 다른 과목 사정도 알 수 있어 교직 생활에 도움이 된다고 했다. 다른 교사들은 최 교사가 말한 다른 과목 사정을 알 수 있다는 말에 동의했다. 그러곤 나에게 다른 과목의 사정을 알 기회를 양보했다. 남은 교직 생활에 도움을 얻게 돼서 좋겠다는 말도 덧붙였다.

어쨌든 그로 인해 나는 다른 과목의 사정을 너무 많이 알아 버렸다. 작년 삼월 초 양궁장 청소 감독을 하러 가면 최 교사는 의자에 앉아서 졸다가 눈을 비비면서 조 선생 청소하러 왔어, 하면서 하품을 하곤 했다. 업무가 많은 삼월이라 피곤해서 그럴 수 있겠다 싶었다. 그런데 사월에도 똑같은 모습이었다.

오월에야 최 교사가 늘 양궁장 사무실에 있는 까닭을 알았다. 최 교사는 시간표 담당 교사에게 자기 수업은 오전에 끝내게 해달라고 했던 거였다. 오전 수업이 끝나면 골프 연습장으로 가서 한 시간동안 골프채를 휘둘렀다. 그 뒤엔 양궁장 샤워실에서 땀을 씻고 사무실 의자에 앉아 낮잠을 자거나, 스마트폰으로 주식을 하거나, 유튜브를 보면서 퇴근 시간을 기다렸다. 골프 연습장에서 공을 친 뒤에도 공을 줍지 않고 그대로 두었다. 양궁장 사무실 청소도 하지 않았다. 최 교사가 줍지 않은 공은 나와 학생들이 주웠다. 사무실 청소도 우리 반 학생들이 했다. 그런 일이 반복될수록 나는 최 교사의 시중을 들기 위해 학교에 출근하는 기분이었다.

드디어 최 교사가 학년실에 나타났다. 담임들은 조용히 그를 기다렸던 것처럼 상황을 정리하고 그에게 자리까지 내주었다. 최 교사가 없는 자리에서 성토하던 담임들은 어딘론가 사라지고 친절한 후배 교사들만 남아 있었다. 최 교사는 학기 시작이라 일이 많아 피곤할텐데, 집에 가지 않고 회의에 참석해 줘 고맙다는 말부터 시작했다. 그러자 눈치 빠른 여교사는 최 선생님은 교감으로 발령 났더라면 이 자리에 올 필요가 없었는데, 아쉽게 됐다고 말했다. 최 교사는 선생 일이란 게 다

그런 거 아니겠어요, 하면서 말을 받았다. 배구로 기분 나빠했던 남자교사가 스마트폰으로 시계를 확인하면서 최 교사에게 무슨 일로 회의 안건이 무엇인지 물었다.

최 교사는 심각한 표정을 지으면서 김성대가 안타까워서요, 하고 말했다. 그러자 눈치 빠른 여교사들의 표정이 일그러졌다. 담임들은 김성대란 이름이 나오자 또 김성대야, 하고 투덜거렸다. 최 교사는 그런 분위기를 예상한 듯이 느긋한 표정으로 담임들이 어떻게 나오는지 관찰했다. 그러곤 김성대가 재주 있는 학생인데 작년에 학교폭력 피해자가 되어 학업에 어려움을 겪고 있다는 이야기를 꺼냈다. 성대가 교사들에게 했던 걸 생각하면 아쉽지만 그래도 우리가 교사니까 성대의 앞길을 열어주는 방법을 찾아보는 게 어떻겠느냐고 했다. 최 교사는 교묘하게 말을 비틀면서 성대를 변호하고 나섰던 것이다. 담임들의 표정은 밝지 않았다. 그들의 모습은 일제히 양궁 유니폼으로 갈아입고 발사선으로 올라가 표적이 된 김성대에게 화살을 날릴 준비를 끝낸 것처럼 보였다. 담임 한 명의 표정이 일그러지면서 김성대가 일학년 때 어떻게 학교생활을 했는지 말하기 시작했다. 그는 학교 스포츠 배구클럽 지도교사였다. 김성대가 배구클럽을 악용한 게 억울해 미칠 거 같다면서 흥분하여 다음과 같이 말했다.

성대는 학생부종합전형에 지원하기 위해 학교생활기록부를 관리하면서 학교생활을 했다. 교사들은 학생의 학교생활 태도가 마음에 들지 않는다고 그대로 생활기록부에 기록하지 않았다. 학생부종합전형은 생활기록부에 적힌 글이 결국 대입 점수로 연결되기 때문이다. 교사들은 학생들의 장래를 생각해 학생들이 실제 학교 생활한 것보다 더 잘 꾸며서 기록해주기도 하니까. 그 사실을 놓칠 리 없는 성대는 학교 정규 동아리, 배구클럽, 학생회에 가입해 활동했고 생활기록부에는 그런 내용이 적히길 바랐다, 등등.

그랬다. 성대는 배구클럽에 가입한 뒤 지도교사를 찾아가 세터를 맡게 해달라고 사정했다. 정치외교학과에 가고 싶은데 세터를 하면 배구 경기를 지휘한 경험을 생활기록부에 적을 수 있어 입시에 도움이 된다는 거였다. 지도교사가 보기에 성대는 키도 크고, 지능도 우수하고, 운동 신경도 있어 처음엔 반길 수밖에 없었다. 배구에서 세터는 코트의 지휘자였다. 모든 공은 세터를 거쳐야 공격이 이루어질 수 있었다. 세터가 지능이 우수하고 운동 신경이 좋으면 팀의 전력은 훨씬 나아질 수 있었다. 지도교사로서도 성대가 세터를 하겠다고 나서는 게 반가운 일이 아닐 수 없었다. 그러면서도 세터를 하는데 자신이 있느냐고 물었다. 성대는 잘할 수 있다고 대답했다.

  그랬던 성대가 실제로 클럽 활동에서 보여 준 태도는 달랐다. 지도교사가 배구하기 전 스트레칭을 시키면 성대는 스마트폰으로 카톡 문자를 주고받는데 정신이 팔려 있었다. 어떤 때는 눈치를 살피고 체육관 밖으로 나갔다 들어오기도 했다. 수비 연습은 아예 참가하지 않았다. 수비를 하려면 무릎을 굽히고 몸을 최대한 낮추어야 했다. 그 동작이 힘들어 줄 뒤에 서 있다가 자기 차례가 되면 발목이 아프다는 핑계를 대고 훈련에서 빠지기 일쑤였다. 보다 못한 지도교사가 화를 벌컥 내버렸다. 그러면서 성대에게 클럽 활동에서 빠져달라고 했다. 그랬던 지도교사는 뒷날 교장실로 불려가야 했다. 성대 엄마는 지도교사가 성대에게 폭언을 했다고 문제를 삼았던 것이다.

  모든 사람에게 잘해주는 학년 부장도 성대가 표적이 되자 말이 많아졌다. 나는 갑자기 달라지는 부장의 태도를 보며 부장이 저럴 정도면 교사들이 성대를 어떻게 여기는지 짐작되었다. 특히 부장은 성대가 전학을 오던 날을 잊을 수 없다고 목소리까지 높였다. 성대 엄마가 교감에게 내신성적 하나 믿고 전학을 온 거라고 말했다는 거였다.

 그런 걸 보면 부장은 자기가 소속된 곳이나 함께 하는 사람들을 소중히 여기는 거 같았다. 더군다나 자기가 근무하는 학교를 그런 식으로 다루는 성대 엄마의 행동에 마음의 상처를 받은 거 같았다. 부장은 야간자율학습 시간에 여학생하고 빈 교실만 찾아다니던 성대를 지도했던 일만 생각하면 지금도 가슴이 지글지글 타는 거 같다고 했다.

 하기야 나도 성대를 보면서 내 상상력의 부족함을 깨달을 때가 많았다. 서른다섯 살의 내가 인생 어쩌고 하면 가소롭다고 여길지 모르겠지만 초중고 십이 년에, 군대 생활 이십사 개월, 대학 생활 사 년에, 기간제 교사 생활 팔 년을 세 곳의 학교에서 보낸 나도 성대를 이해할 수 없었다. 성대 같은 경우는 처음이었다. 무엇보다 성대는 자기가 마음에 드는 여학생이 있으면 주변 사람들이 물체처럼 보이는 거 같았다. 친구들이 눈치 주고, 눈살을 찌푸리고, 뒷말을 해도, 심지어 교사들이 아무리 충고를 해도 그 여학생 주위를 맴돌았다. 옆에 바짝 다가가 여학생 얼굴 앞으로 자기 얼굴을 들이밀고 말을 붙이려고 애를 썼다. 상대가 괴로워하는 건 조금도 신경 쓰지 않았다.

 성대는 전학 첫날부터 같은 반인 성희가 마음에 들었던 모양이었다. 성희 전화번호를 알아내고 사귀자고 휴대폰 문자를 보냈다. 성희는 사귈 마음이 전혀 없었다. 문자에 답장조차 하지 않았다. 그런다고 가만있을 성대가 아니었다. 성대는 성희가 다니는 학원을 알아내 등록하고 성희 옆자리에 앉아 수업을 들었다. 학교 수업 시간에도 마찬가지였다. 담임은 그런 사실을 알고 성대가 성희 근처에 가지 못하도록 자리 배치를 했다. 그러곤 자리 배치표를 교탁에 붙여 놓고 수업에 들어오는 교사들에게 성대가 자신의 자리에 앉도록 지도해달라고 부탁했다. 그러나 성대가 그런 담임의 노력에 따라줄 리 없었다.

성대는 교사들의 성향에 따라 다르게 행동했다. 교사가 깐깐하다 싶으면 성희에게 물어볼 게 있어서 쉬는 시간에 잠시 앉아 있었는데 종이 울려서 자리를 옮길 수 없었다는 식으로 변명했다. 교사가 만만하다 싶으면 담임이 자리까지 지정해 주는 건 인격 침해하는 게 아니냐면서 오히려 따지고 들었다. 수업 진도에 쫓긴 교사들은 미처 자리 배치표를 확인하지 못하는 점을 알고 대놓고 성희 옆에 앉아 있기도 했다. 성희는 성대가 얼굴을 들이대면 고개를 돌리고 무시했다. 그래도 성대는 포기하지 않고 종이쪽지도 보내고 말도 걸었다. 수업에 들어간 교사들은 성대의 그런 행동을 열 번 정도 지켜보다가 한 번 정도 주의를 줬다. 그러면 성대는 잠시 조용히 하거나 못 들은 척했다.

성희는 집에 가서 울면서 부모에게 그 사실을 알렸다. 문제는 그 자리에 성희 오빠가 있었다는 거였다. 오빠가 여동생이 괴로움을 당하고 있는데 가만있을 리 없었다. 다음날 성희 오빠는 친구 두 명과 학교 수업이 끝난 뒤 성대를 찾아갔다. 그러나 성대는 전혀 당황하지 않았다. 사람을 좋아하는 게 잘못된 일은 아니잖아, 하고 소리치며 맞섰다. 성희의 오빠는 성대가 오히려 당당하게 나오자 할 말을 잃었다. 어이가 없어 주먹을 치켜들었다. 그러자 성대가 그러면 때려 보든가, 하면서 화를 돋웠다. 성대의 도발에 참지 못한 성희의 오빠가 성대를 때리고 말았다.

성대 엄마는 아들이 맞고 오자 단호하게 대처해 나갔다. 성대를 병원으로 데려가 진단서부터 끊고 경찰에 집단 폭행 건으로 고소부터 해 버렸다. 그 뒤 교장을 향해 학교를 믿고 자식을 맡겼는데 폭행을 당하도록 내버려 뒀다고 흥분했다. 교장은 학생부장에게 사안을 조사하게 한 뒤 교육지원청에 보고하고 학교폭력 대책심의위원회를 열라고 했다.

성희 오빠는 경찰서에 조사받으러 나갔다. 또 학생부에도 불려 다녔다. 나중에는 교육지원청에 가서 학교폭력 대책심의위원회에도 출석해야 했다. 결국 심의위원회로부터 사회봉사활동 조치를 받았다. 경찰에서 사건을 검찰에 송치하여 보호관찰 처분까지 받았다. 그런 일이 있고 나서 교사들은 성대 엄마가 학교에 나오면 바짝 긴장하기 시작했다.

그런 일이 있고 난 뒤에도 성대의 행동은 달라지지 않았다. 대놓고 운동복 차림으로 등교했다. 교문에서 지도하는 학생부 교사에겐 교복이 찢어져 수선을 맡겼다거나 세탁을 했는데 아직 마르지 않았다고 변명을 했다. 학생부 교사들은 어째서 너는 매일 교복을 수선하고 세탁하느냐고 지적했다. 그러면 성대는 왜 나에게만 그러느냐고 대들었다. 매점에 갈 때는 운동화로 갈아 신어야 하는데 실내화를 신고 다녔다. 체육시간에는 운동장에 나가서 출석 확인만 하고 몸이 아프다면서 교실로 갔다. 몸이 아프다는 핑계를 대고 보건실의 침대를 차지하고 누워 있기도 했다. 담임은 성대 때문에 더 속이 상했다. 담임이 청소 지도를 하기 위해 교실에 들어가면 성대는 청소하는 학생들을 외면하고 교실 밖으로 나갔다. 청소가 끝날 때까지 버티다 교실로 돌아왔다. 담임이 보다 못해 왜 청소를 안 하느냐고 물으면 성대는 했는데요, 하고 뻔뻔스럽게 굴었다.

최 교사는 참으로 대단했다. 담임들이 성대를 성토하는 동안에도 표정 변화가 없었다. 성대를 헐뜯는 소리가 줄어들자 묘한 눈빛을 짓고 다시 회의를 이끌어가기 시작했다. 먼저 자신이 작년에 학년 부장으로 반 편성을 하면서 실수한 게 있었다고 사과부터 했다. 교사들은 최 교사가 후배들 앞에서 고개를 숙이며 사과하자 황당한 표정을 지었다. 나도 최 교사의 사과에 그다지 진정성이 느껴지지 않았다. 다시 고개를 든 최 교사는 자신의 실수는 있었지만 교육 현장에서 일어난 문제는 바로 잡아야 할 거 같다고 했다. 김성대와 성희가 같은 반에 있는 것이 문제라고 이야기를 꺼내놓았다.

학교폭력법으로 보면 피해자와 가해자가 같은 반에 있을 수 없었다. 최 교사는 담임들이 자기 말에 관심을 보이자 자신감 있게 말했다. 성희를 간접 가해자로 볼 수도 있다고. 그러면서 요즘은 성대가 성희를 볼 때마다 트라우마에 시달릴 수 있다고도 했다. 어처구니없는 논리였지만 나는 최 교사의 말을 들으며 성희가 다른 반으로 가는 것도 한가지 방법이라는 생각을 들었다. 어쨌든 둘은 떨어져 있는 게 좋을거 같아 고개를 끄덕였다. 그때, 한 교사가 작년에 사건이 끝난 뒤에도 둘은 같은 반에 있었는데, 지금 와서 왜 문제 삼는 거죠? 하고 최 교사에게 물었다. 최 교사는 표정이 잠깐 어두워지는 거 같았다. 속으로 무슨 생각을 하는지 잠시 침묵했다.

  최 교사는 다시 침착한 표정으로 후배들을 쳐다봤다. 자신의 주장에 모순점을 지적한 교사를 보면서 선생님, 말씀은 충분히 공감합니다, 하고 말했다. 그러면서 자신은 동평고를 모교 이상으로 생각한다고 했다. 동평고를 발전시키는 길은 진학 결과뿐이라고 힘주어 말했다. 여러분들이 김성대를 성토하는 마음도 잘 알고 있다고 했다. 그래도 김성대는 외고에서 일 학년 때 전학 온 학생으로 모의고사 성적도 잘 나오고 내신 성적도 우수해 수도권의 명문 대학 진학은 가능하다는 걸 강조했다. 그런 학생이 폭행당한 것도 모자라 가해자 여동생과 같은 교실에 있으면 공부에 도움이 될 수 없다고 했다. 최 교사는 자신은 교감으로 승진해 다른 학교로 가 버리면 그만일 수도 있는데, 동평고를 아끼는 마음이 크기에 이번 회의를 하는 거라면서 안타까운 표정을 지었다.

  샤넬 백을 무릎 위에 올리고 있던 여교사가 시계를 한 번 보고 말했다. "최 선생님은 어떻게 했으면 하는데요?" 최 교사는 대답을 기다리고 있었던 것처럼 고개를 끄덕이며 대답했다. 마침 성대가 다른 반으로 가겠다고 해서 다행이라고. 그 순간, 나는 뭔가 상황이 이상하게 흘러가는 걸 느꼈다. 분명 학교 폭력법에는 가해자를 다른 반으로 보내게 돼 있었다. 그런데 최 교사의 말에 따르면 피해자인 성대가 오히려 다른 반으로 가려고 한다는 거였다.

나의 우려와 상관없이 한 교사가 말했다. "김성대가 이과잖아요. 그러면 이과 반 담임들끼리 의논하면 되겠네요." 그러자 문과반 담임들이 "그래, 이과반 담임들끼리 합의만 되면 되겠네." 하고 웅성거리며 자리에서 일어났고, 퇴근 준비를 서두르기 시작했다. 최 교사는 자신이 의도한 게 어느 정도 이루어진 것처럼 보였다. 그는 문과 반 담임들에게 퇴근 시간도 미루고 학교 발전을 위해 남아 주셔서 고맙습니다, 하고 인사까지 했다. 이과반 담임을 맡은 나와 부장 그리고 최 교사만 남았다. 학년 부장은 최 교사가 회의를 이끄는 동안 침묵을 지켰다. 어서 빨리 이 자리를 벗어나고 싶어 하는 눈치였다.

나는 오늘 최 교사의 행동을 보면서 그동안의 회의를 떠올려보았다. 언제나 새로운 아이디어가 나오는 일은 드물었다.

교장이나 교감은 직책상 회의를 열어야 했다. 그리고 간혹 뭔가 이익을 챙겨야 할 사람들이 회의를 제안했다. 그들은 자신의 속마음을 감추고 그럴듯한 주제를 내세우며 다른 교사들을 회의에 참석하게 했다. 회의가 시작되면 대부분 교사는 처음에는 침묵을 지켰다. 교장이나 교감 그리고 회의를 제안한 사람이 주제에 관련된 말을 한마디 툭 던지면 성질 급한 교사들은 그 주제를 덥석 물고 자신의 의견을 말했다. 신중한 교사들은 왜 이런 주제로 회의를 하는지 살피며 그로 인해 자신에게 어떤 일이 일어날지 계산하면서 말을 아꼈다. 어떤 교사들은 주제와 상관이 없는 말로 자기감정을 그대로 드러내 웃음거리가 되는 경우도 있었다.

나는 최 교사가 원하는 걸 생각하기 시작했다. 최대한 정신을 모으고 그의 사정을 돌아보았다. 그는 작년에 교감 연수를 마쳤다. 올해는 당연히 교감 발령이 나면서 동평고를 떠나게 될 거라는 기대를 했을 거였다. 그래서 반 편성도 대충 처리했을 거였다. 그런데 자신의 계획이 어긋나면서 동평고에 남게 되고, 담임까지 맞게 되었으니 당연히 실망이 컸을 거였다. 게다가 학교 골칫덩이 성대의 담임까지 맡게 되었으니. 어쨌든 다른 교사들의 비난을 받더라도 이제는 성대를 다른 반으로 넘겨야 하는 것이 그에게는 무엇보다 중요한 일이었을 거였다.

사실 최 교사의 행동을 비난할 교사들은 없었다. 나도 예전에는 교사 조직이 정의롭고 공정한 줄로만 알았었다. 내가 학교 다닐 적의 교사들은 정의, 공정 따위를 수없이 강조했기에. 하지만 나는 기간제 교사로 일하면서 느낀 바가 컸다. 교사들은 업무상 문제가 생겼을 때만 정의와 공정을 들먹였다. 그것도 자기와 직접 관련된 이익이 없으면 가만히 있었다. 그러니 이번 일 같은 경우도 성대를 떠맡게 되는 교사만 최 교사를 비난할 거였다. 다른 교사들은 자신이 직접 김성대를 떠맡지 않았기에 굳이 최 교사를 비난할 리 없었다.

게다가 문과반 담임들은 이과반인 성대와 아예 관계가 없기에 벌써 퇴근해 버린 상태였다. 최 교사가 학교 발전을 주제로 들고 회의를 소집했다면 그들은 끝날 때까지 자리를 지키고 있었을 거였다. 그러나 최 교사는 문과반 담임들이 가는 걸 뻔히 지켜보고 있었다. 그것만 봐도 이번 회의는 최 교사가 개인의 부담을 떠넘기려는 얄팍한 수였다.

나는 최 교사가 처음부터 나를 머릿속에 두고 회의를 진행한 것이라는 결론을 내렸다. 학년 부장은 이과반 담임이지만 학년 부장이기에 업무가 많다는 핑계로 부담에서 벗어날 수 있을 거라 짐작도 했다. 이제 최 교사는 기간제 교사인 나에게 김성대를 떠넘기면 그만이었다. 그는 김성대를 떠안게 된 내가 다른 교사들에게 불만을 터트릴 처지가 아니란 걸 잘 알고 있었던 거였다. 최 교사의 의도를 알아차린 나는 그와 얼굴을 마주하고 싶지 않았다.

나는 회의를 빨리 끝내고 싶었다. 최 교사를 빤히 쳐다보면서 말했다. "김성대를 우리 반으로 보내세요." 그러자 최 교사는 활짝 웃으며 역시 내가 사람 하나는 잘 본단 말이야, 조 선생은 요즘 젊은 교사들하고 다른 점이 있단 말이야, 하면서 나를 추켜세웠다. 나는 정말 그러고 싶지 않았다. 그러나 내가 성대를 떠맡지 않으면 최 교사는 또 다른 말로 나를 설득하려고 달려들게 뻔했다. 나는 결과가 뻔한 소리를 들으며 겉으론 아무렇지 않은 표정을 짓는 게 더 힘들 거 같았다. 게다가 모든 사람에게 잘하는 부장은 최 교사 옆에서 아무 말도 못하고 있었다. 나는 최 교사하고 나이 차도 얼마 나지 않는 그가 비굴한 표정을 지으며 서 있는 모습도 보기 싫었다.

나도 별 수 없었다. 최 교사를 향해 아무렇지도 않은 표정을 지었다. 그러나 내 마음 깊은 곳에서는 화가 치밀어 오르고 있었다. 자신의 의도를 감춘 채 그럴듯한 말로 사람을 기만하는 최 교사가 싫었다. 최 교사는 자기 목적을 이루어선지 편안해 보였다. 나와 부장을 보고 우리 한잔할까, 하고 말했다. 부장은 최 교사의 말에 그러죠, 하면서 나를 바라보았다. 나는 두 사람을 따라갈 만큼 바보는 아니었다. 그렇다고 대놓고 거절할 수도 없었다. 시간 외 근무 신청해 두었는데요, 하면서 말끝을 흐렸다. 최 교사는 학년 부장이 자리를 정리하는 걸 보면서 자리에서 일어나 자신의 책상 위를 정리했다.

나는 성대의 담임이 되면 벌어질 일을 상상해 보았다. 내가 할 수 있는 게 많이 사라져 버릴 거 같았다. 길을 잃어버린 느낌이 들어 허무해질 거 같았다. 내가 집에 가서 하소연하면 아내도 너무 애쓸 거 없다고 말할 거였다. 올해는 해거리하는 셈 치자면서. 그러면 나는 아내에게 자기 일 아니라고 너무 쉽게 말하는 거 아니냐고 화풀이할지도 몰랐다. 그뿐인가 자존감이 상해 잠을 이루지 못하고 씩씩거릴 게 뻔했다.

이 학교로 오기 전인 작년까지만 해도 나는 언젠가 임용고사에 합격할 거라는 자신감이 있었다. 그래서 기간제 교사라는 걸 신경 쓰지 않고 학교생활을 해왔다. 맡은 일이 남들이 꺼리는 학교폭력 업무라도 마다하지 않았다. 집에 가면 인터넷 강의를 들으며 매일 내가 정한 분량의 공부를 하면서 임용고사를 준비했다. 아내도 옆에서 격려해 주어 더 힘을 냈다. 자존감을 잃지 않았기에 조회, 종례 때도 내가 살아오면서 느낀 걸 반 학생들에게 전하기도 했다. 내가 기간제 교사지만 학교에서 너희들 부모님을 대신하는 어른이라고 힘주어 말하기도 했다. 간혹 담임이 기간제 교사라는 이유로 우리 반 학생들을 만만하게 대하는 교사들이 있으면 항의도 했다. 나를 기간제 교사라고 막 대하는 건 참을 수 있지만 우리반 반 학생들을 기간제 교사 담임 반이라 만만하게 보는 건 참을 수 없었다.

어쨌든 성대를 맡게 된 나는 마음이 복잡했다. 성대는 이학년이 되어도 달라질 게 없을 거 같았다. 생각은 더 교활해지고 생활태도는 더 뻔뻔해질 게 분명했다. 그렇기에 우리 반 수업에 들어간 교사들은 성대의 행동이 마음에 들지 않으면 나에게 찾아와 성대 앞에서는 못한 말을 마구 쏟아낼 거였다. 그러면서 젊은 교사니까 성대를 대하는 게 자기들보다는 나을 거라는 말도 덧붙일 거였다. 나도 교사들 앞에서는 예, 지도하겠습니다, 하고 말할 것이었다. 그렇지만 나라고 별다른 방법이 없을 거였다. 조회나 종례에 들어가 성대가 눈에 거슬려도 아무 말도 못하고도 참을 게 분명했다. 뭐라고 했다가 성대가 그것을 자기 엄마에게 말하면 어떤 일이 벌어질지 뻔했다. 그런 걸 무릅쓰고 용기를 내 성대를 지도했다가 일이 잘못되면 누가 책임져줄 리 없었다. 나는 성대를 다룰 방법이 없다는 걸 뻔히 알면서도 교사들이 집요하게 성대의 행동을 문제 삼을 걸 생각하면 성대를 나에게 넘긴 최 교사가 원망스러웠다.

최 교사가 나에게 다가와 어깨를 툭 쳤다. 그는 가방을 메고 있었다. 이제 퇴근할 모양이었다. 부장도 가방을 어깨에 메고 최 교사 옆에 서 있었다. 최 교사가 다시 물었다. "조 선생, 한 잔 생각 없어?" 나는 고개를 흔들었다. 최 교사는 더 이상 묻지 않고 흡족한 표정을 지으며 학년실 밖으로 나갔다. 그때, 나는 최 교사의 냉정한 뒷모습이 표적처럼 느껴졌다. 나는 그 표적을 향해 활을 들고 시위라도 당겨야 속이 풀릴 거 같았다. 그러나 내가 할 수 있는 건 아무것도 없었다. 내 화살집에는 화살이 들어 있지 않았다. 화살은 없는데 시위만 당겼다 놓으면 활이 부러질 거였다.

그래도 최 교사에게 뭐라도 한마디 해 줘야 속이 풀릴 거 같았다. 학년실 밖으로 달려가 그를 불렀다. 그는 계단으로 내려가다가 멈춰 섰다. 거친 눈빛으로 나를 쏘아보았다. 그러자 나는 어처구니없게도 말문이 턱 막혀버렸다. 내가 무엇 때문에 이러는지 스스로도 이해할 수 없었다. 그가 나를 보고 씽긋 웃으면서 불렀으면 뭐라고 말해야 할 거 아니냐고 물은 뒤에야 다시 숨을 편하게 쉴 수 있었다. 나는 용기가 완전히 사라져버린 말투로 겨우 엉뚱한 말을 해 버렸다. "최 선생님, 교장 선생님이나 교감 선생님에게 오늘 회의 결과는 알려야 하는 건 아닙니까?" 최 교사는 그건 이미 다 끝내 됐다는 표정을 지으며 나에게 엄지를 들어 보이면서 계단을 내려갔다. 그러곤 들으라는 듯 크게 중얼거렸다. "조 선생은 요즘 젊은 교사들하고 달라." 나는 혼잣말을 중얼거렸다. 제기랄!

〖발문〗

참교육을 외치는 순정마초의 노래

이평재(소설가)

김호준 작가를 한마디로 표현하라면 주저 없이 이렇게 크게 외칠 것이다. 순정마초! 그렇다, 그는 말 그대로 순정마초다. 큰 키에, 성깔 있어 보이는 눈매, 각진 말투가 겉으로는 거친 느낌이지만 그 내면은 누구보다 순수하고 애정이 넘쳐 순애보를 바치는 사람.

김호준 작가를 한마디로 표현하라면 주저 없이 이렇게 크게 외칠 것이다. 순정마초! 그렇다, 그는 말 그대로 순정마초다. 큰 키에, 성깔 있어 보이는 눈매, 각진 말투가 겉으로는 거친 느낌이지만 그 내면은 누구보다 순수하고 애정이 넘쳐 순애보를 바치는 사람. 그러니, 그가 오직 국어교사로 26년을 살면서 내내 시를 쓰고, 내내 소설을 쓰고, 내내 학생들의 글을 모아 책으로 발간하는 일을 멈춤 없이 하고, 결국 2022년 신춘문예를 통해 소설가로 등단한 것도 그의 내면에 존재하는 문학을 향한 우직한 순애보의 발로일 것이다.

김호준 작가는 2022년 6월에 출간한 자신의 시집 '시집에서 시가 흐르면'에 실린 비망록의 서두를 다음과 같이 시작했다. 역시 순정마초이기에 가능한 내용이었다. 스스로를 그럼에도 불구하고 '어느덧 무사히 완주한 마라토너'로 비유한 부분이 이를 증명하고 있는 듯하다.

직장에서 일이 주어지면 물러선 적이 없었다. 게다가 영리하지 못해서 그냥 부딪치면서 해결하는 게 적성에 맞았다. 당연히 악역도 담당하게 되어 대다수 교사가 피하는 학생부장을 3년이나 했다. 그뿐이 아니었다. 액셀 프로그램을 잘 다루지 못하면서도 학교 시간표를 관리하는 업무까지 맡아 심한 스트레스에 시달리기도 했다. 그런 과정을 거쳐 인사위원회의 추천으로 고 3부장이 되었다. 고3 부상 업무는 학생들 장래가 달린 일이라 망설여졌지만 이 또한 성격대로 받아들었다. 사람의 일이니 부딪치면서 해결해보자고. 그래도 능력부족이면 물러나면 된다고. 그렇게 고3 부장을 3년이나 하게 되었다. 그리고 어느덧 무사히 완주한 마라토너처럼 고3 부장 자리를 비워 줄 시간이었다. _시집에서 시가 흐르면 176p

등단한지 불과 이년도 되지 않아 출간된 이번 소설집 '대단한 건, 말이었다'는 김호준 작가의 첫 번째 소설집이다. 그 때문인지 모든 내용이 상당부분 위의 비망록과 맞닿아 있다. 등단작인 '차가운 방'을 제외하곤 단편소설 6편이 모두 '순정마초'가 아니면 나올 수 없는 내용으로 채워져 있는 것이다. 아니, 존재감을 잃고 소외된 '나'가 가족 곁을 떠나 죽음보다 더 외로운 삶을 살다가 끝내 생명을 놓아버리는 암시로 끝나는 '차가운 방'조차 그 내용이 어느 일면으로는 작가 내면의 순애보가 역설적으로 그려진 경우라고 봐도 무방할 것이다. 또한 '차가운 방'에는 카프카의 '변신'과 같은 개념의 실존주의적 시선이 녹아 있는 것이 특징이다. 먹이사냥을 하다가 상처를 입어 존재의 가치를 잃어버린 암사자를 소재로 차용해 나와 치환시킨 유기적 직조가 매력적이다. 이는 서사중심의 스토리텔링이 아닌, 심리묘사를 통해 감성중심으로 접근하는 현대소설의 미학을 갖추고 있다는 의미이다. 특히 마지막 장면의 심리묘사가 짠하게 다가와 마음에 오래 남는다.

좁은 골목으로 겨울바람이 불어오는 게 느껴졌다. 그 바람 소리가 하이에나 무리의 울부짖는 소리처럼 사납게 들렸다. 텔레비전에서 본 암사자가 떠올랐다. 암사자는 삶과 죽음이 함께하는 초원에서 무리와 함께 먹이를 구하다 다쳐 버렸다. 한 가족이었던 암사자들은 다친 암사자를 두고 떠났다. 마치 그것이 자연의 섭리처럼. (생략) 곧 주위로 하이에나가 한 마리, 두 마리 더해졌다. 암사자는 지친 몸을 일으켜 하이에나를 향해 크으악거렸다. (생략) 나는 마지막 장면을 잘 알고 있었다. 어둠이 내린 초원에서는 하이에나의 울음소리만 길게 남겨질 거였다. (생략) 문을 닫고 문손잡이의 잠금장치를 눌렀다. 형광등만 켜지 않으면 외출 나간 사람의 방처럼 보일 수 있었다. 사회복지사와 박 여사가 마음에 걸렸다. 두 사람에게 전화했다. "내일은 설날이야. 아들이 날 데리러 왔어. 한 달 뒤에 돌아올 거야."하고 말했다. 통화를 끝내고 형광등을 껐다. 차가운 방바닥에 누웠다. 겨울이라서 참 좋았다. 사라진 흔적이 꽤 오랫동안 드러나지 않을 것 같았다. 결국 방세가 밀리면 집주인은 나를 찾아올 것이었다. 깜빡깜빡 눈을 감았다 뜰 때마다 좁은 골목에 부는 겨울바람 소리가 하이에나 무리의 울부짖는 소리로 변해갔다.

'차가운 방' 외 '대단한 건, 말이었다'에 실린 6편의 단편소설 역시 '작품이 곧 그 작가'라는 말이 실감날 정도로, 작가의 순애보가 전체를 관통하며 빼곡히 들어차 있다. [차가운 방],

[대단한 건, 말이었다], [나만의 축제], [병아리], [뿌리 없이 자라는 나무], [슬픈 가마우치], [화살이 사라진 자리에서]. 수록된 이 모든 작품들이 하나같이 비루한 삶에 대한 이야기를 통해 때론 직설로, 때론 역설로 '그나마'하는 한줄기 희망에 모든 것을 바치는 갈등의 서사구조를 이루며 그래도, 하는 작가의 간절한 마음을 내비치고 있다.

표제작 '대단한 건, 말이었다'는 타이어 만드는 기업의 환경부에 입사했지만 매번 부장의 '축구하자!' 한마디에 부서 전원이 업무를 중단하고 운동장으로 나가는 행태로 회사생활을 하고 있는 남자의 이야기이다. 그것이 못마땅한 남자의 현재와 못마땅한 것을 참아내지 못해 사고를 쳤던 남자의 과거사가 유기적으로 엮이면서 진실한 말보다 거짓된 말이 유효한 크고 작은 사회의 불합리성을 비판하고 있는 내용이다.

작가는 에피소드 곳곳에 관련된 문장을 넣어 그것을 피력하고 있다. '그러니까, 녀석이 돈을 빌려달라는 말은 사전에 나오는 말과 달랐다. 그냥 돈을 빼앗는 거였다.' '녀석의 싸우자, 라는 말은 여럿이 한 명을 폭행하는 거였다. '아침을 먹으면서 무엇보다 사전에 나온 말 그대로 녀석의 머리를 의자로 내려치자는 다짐을 잊지 않았다.' '그는 말이 어눌해도 사전에 나오는 말 그대로를 보여주는 사람이었다.' '나는 공이 아니라 부장의 얼굴을 향해 머리를 들이댔다. 공을 막기 위해 헤더를 했을 뿐이라고 말하면 되는 거였다. 늘 말이 대단한 세상이니까.' 등등. 그리고 이 작품에는 말은 더듬지만 진실한 고 대리와 남자의 위험한 성격을 다독여주는 나이든 경찰관이 거짓과 대비되는 의미로 등장하고 있다. 이는 작품에 한층 입체감을 주면서 주제 또한 더욱 확고하게 구축해 주는 역할을 하고 있다.

군 시절 후임으로 온 학교폭력의 가해자를 만나면서 그를 응징하는 '나만의 축제'는 상당히 과격한 내용이다. 손에 해머를 들고 그에게 다가가며 암시로 끝낸 마지막 장면이 문학보다는 복수가 주제인 영화라면 더욱 이해도가 높을 것 같은 느낌이 크기에 아쉬움이 남는다. 이분법적 흑백논리가 구태하다는 것이다. 그러나 이 세상에 소설로 쓰지 못할 이야기는 없다는 관점에서 본다면 소설의 경계를 넘었다고 단정 짓기도 모호하다. 그것이 얼마만큼 설득력을 갖추며 문학으로 승화되느냐가 관건이기에. 그런 점에서 신문배달부로 평생 비루

한 삶을 살다 죽은 그의 아버지와 유사한 인생을 산 아버지가 있는 사람이라면, 또한 고등학교시절의 그와 유사한 상처를 받은 사람들이라면 이 소설을 읽고 크게 공감하며 카타르시스를 느낄 것이다. 실제로 인간이란 어느 한계에 몰려 정신적으로 함몰되면 자신의 삶을 위로하기 위한 뭔가를 찾기도 하니까. 또한 그보다 더 나아가 괴물이 되기도 하니까.

'병아리'는 작품 속 한 문단으로 갈음하는 것이 이 작품을 이해하는데 가장 도움이 될 듯싶다. 이 작품은 오직 경쟁사회의 우위에 서기위해 좋은 대학을 가기위한 것이 전부인 학교 현장을 리얼하게 고발하고 있다. 전학생과, 그 전학생을 대하는 학생들의 갈등을 병아리라는 소재에 담아 풀어낸 작품이다. 보기엔 그저 예쁘고 사랑스런 병아리의 실제 모습이 인간의 속성과 맞닿으며 충격적으로 다가온다.

초등학교 6학년 봄, 시골 외가의 닭장에서 병아리가 병아리를 쪼아대는 장면을 봤었다. 닭장에 병아리가 열 마리 정도 있었다. 병아리들은 두 발로 닭장 바닥을 헤치고 모이를 먹었다. 그런데 한 마리가 모이를 먹다가 철망 가시에 꽁무니가 찔렸다. 상처가 생겼고 핏방울이 맺혔다. 꽁무니의 솜털이 붉게 물들었다. 그러자 다른 한 마리가 핏물에 젖은 녀석의 솜털을 쪼기 시작했다. 다른 병아리도 달려와 쪼아댔다. 바늘구멍만 했던 상처가 좁쌀 크기로 커졌고, 머지않아 콩알만 해졌다. 병아리들은 더욱 녀석을 쪼아댔다. 상처는 어느새 포도알만 해졌다. 그리고 상처에서 창자가 흘러나왔다. 한 마리가 창자를 물고 달아났다. 그러자 녀석은 결국 바닥에 쓰러졌다. 병아리들이 이번에는 한꺼번에 창자를 물고 달렸다. 녀석은 닭장 바닥 여기저기로 끌려 다녔다. 어느새 시체만 남았다. 병아리들은 그제야 다시 모이통으로 달려가 모이를 쪼았다. 물통에서 물 한 모금 먹고 하늘을 쳐다보고 작은 날개를 파닥거렸다. 그때 나는 시체가 된 병아리도 다른 병아리의 상처를 보면 역시 쪼아댔을 거라고 생각했다.

어느 날, 어릴 적 별명이 '똥차'인 시청 주민생활지원 팀장 앞에 그의 고등학교 동기가 부시장으로 오면서 전개되는 '뿌리 없이 자라는 나무'는 머리가 빠져 정수리가 훤한 중년 남성의 열등감이 그야말로 웃기고도 슬픈 모습으로 리얼하게 그려져 있다. 그의 별명이 똥차인 것은 그의 아버지가 똥차를 끌고 다니면서 배설물을 처리하는 사람이었기 때문이다. 게

다가 그의 아버지는 동네에 대소사가 있을 때 돼지를 잡아주고 돼지의 쓸개를 얻어먹는 사람이었다. 그랬기에 오랜 세월이 지났음에도 "야, 똥차, 맞네."하고 바로 알아본 부시장이 그에게 모교방문의 날 행사 숙소관련 일을 맡기면서 뜻하지 않은 이야기가 전개되는 것이다. 그가 아무리 고개를 돌리고 아닌 척해도 어릴 적 동기들은 하나같이 멀리서도 그를 알아본다. 영락없이 똥차! 하고 불러댄다. 결국 온갖 해프닝 끝에 똥차! 소리를 피해 언덕을 내달리는 그의 모습이 짠하게 다가오며 읽는 이로 하여금 씁쓸한 미소를 짓게 한다.

'슬픈 가마우지'는 서른이 훨씬 넘도록 임용고시 1차 합격도 못하던 청년이 학원 강사로 뛰던 중 한 학교의 기간제교사로 출근을 하는 과정에서 드러나는 부조리를 다룬 이야기이다. 재단의 행태가 가마우지를 이용한 민물낚시에 고스란히 담기며 설득력을 확보한다. 재단의 갑질에 속수무책 당하는 사람들의 모습이 슬픈 가마우지인 것이다.

그런데 가마우지는 어부의 손아귀를 벗어날 수 없었다. 어부는 가마우지가 잠수해서 잡은 물고기를 삼키지 못하게, 호흡만 가능할 정도로 목을 실로 묶었다. 야행성 가마우지를 배에 묶고 물고기들이 모이는 곳으로 배를 저어간 뒤 등불을 밝혔다. 물고기가 등불로 모여 들면 긴 장대로 강물을 후려쳐 물고기를 몰았다. 그러면 가마우지는 물속으로 잠수해 들어가 커다란 물고기를 잡아 삼켜 목 안에 넣은 채 어부에게 돌아왔다. 어부는 가마우지가 잡아 삼킨 물고기를 입에서 토하게 했다. 어부가 다시 가마우지를 배에 태우고 강으로 나가 놓아주면 가마우지는 또다시 물속으로 잠수해 들어가서 물고기를 잡아 왔다.

'화살이 사라진 자리에서'는 교육현장에 있는 교사들의 모습이 가감 없이 담겨 있다. 지난해부터 양궁부가 있는 학교의 기간제교사로 근무하면서 억지로 양궁장 청소지도를 떠맡게 된 나, 그리고 이제는 교사회의를 할 때마다 못마땅한 교사의 등에 화살을 쏘아대는, 꿈에서 본 그 장면을 떠올리며 회의에 대한 거부감을 해소하고 있는 나. 그 이유는 나의 눈에 비친 교사들의 모습이 결코 바람직하지 않기 때문이다. 교사들은 업무상 문제가 생겼을 때만 정의와 공정을 들먹였고, 자기와 직접 관련된 이익이 없으면 그조차 하지 않고 가만히 있었다. 그랬기에 오늘도 기간제교사인 나는 회의를 주도한 최 교사의 교묘한 의도대로, 또한 모든 교사들의 '나만 아니면 된다.' 는 이기심에 의해 학교의 최고 문제 학생을 떠맡게 된다. 그럼에도 제기랄! 하고 혼잣말을 중얼거릴 뿐인 게 현실이다.

위와 같이 '대단한 건, 말이었다'에 실린 작품들의 면면을 살펴보면 작가의 경험에서 나오는 교육현장의 이야기가 가장 많이 담겨 있고, 대부분의 인물들은 깊은 피해의식에 시달리고 있다. 그리고 두 가지 방향으로 마무리를 짓고 있다. 무엇인가에게 호되게 당해 상처를 입고 분노를 하지만 결국 제자리로 돌아가 주저앉고 마는, 혹은 분노를 날것 그대로 폭발시키는 마는. 작가는 마치 의도적으로 이것이 우리 교육 현장이라는 것을 고발하고 있는 것 같다. 더 나아가 이것이 우리가 속해 있는 크고 작은 사회의 민낯이라고 우리의 코앞에 바짝 들이밀어 경고장을 날리는 것 같다. 그렇기에 어찌 보면 인간사의 참담한 현실적 분노에 너무 치우쳐 있는 게 아닌가 싶은 생각도 든다. 그러나 이것도 문학이 할 일인 것이다. 말하지 않으면 거짓의, 부조리의 편이 되기에. 그나마 한줄기라고 구원의 빛이 흐르기를 바라는 간절한 날갯짓! 이것이야말로 순정마초인 김호준 작가이기에 절로 표출되는 순애보의 발로인 것이다.

 예술이란, 문학이란, 소설작품이란 나에게서 시작해 너에게 닿고 결국 우리를 이야기함으로써 세계관과 우주관을 확보하는 작업이라고 볼 수 있겠다. 김호준 작가의 성정 상 당연히 두 번째 소설집이 이어질 것이다. 그때는 즉물적 느낌이 강한 순정마초에서 한걸음 더 나아가 객관적 시선으로 너를 향하고, 우리를 향해 심도 있게 거듭나며, 보다 새로운 형태의 미학으로 작가의 순애보가 표출되기를 기대하고, 또 그러리라 믿는다.

작가의 말

어릴 적엔 종종 주먹싸움을 하곤 했다. 그러면 어른들은 싸우면 나쁜 사람 된다고 했기에 그 때의 나는 그런 말을 하는 어른들이 싸움을 하지 않는 줄 알았었다. 나 역시 어른이 되면서는 주먹싸움을 하지는 않았다. 그러나 나는 속으로는 늘 누군가와 싸우고 있었다. 그러니까, 어떤 본질은 피하고 겉으로만 아무렇지도 않은 척 살았던 것이다. 때론 내가 진짜 어른일까? 하는 자괴감에 시달리면서, 때론 진짜 어른이 되고 싶다는 생각에 시달리면서. 그러나 진짜 어른이 되는 건 어려웠다. 이제라도, 소설을 통해 진짜 어른이 될 수도 있겠다는 희망을 품어보는 것이 그나마 얼마나 다행인지.

-2024년, 홍매화 핀 영축산에 하얗게 눈 내린 봄날, 김호준

대단한 건, 말이었다

초판 1쇄 발행 2024년 4월 19일

지은이	김호준
펴낸이	김세준
기획편집	이평재
편집	강은정 김유진
디자인	알렙주니 ALEPHJUNIE
펴낸곳	트임9
출판등록	제 2020-000305 호
주소	서울특별시 마포구 희우정로16길 17(망원동) H-LOFT 4, 5층
전화	02-722-7746
이메일	teuim9@naver.com
홈페이지	www.teuim9.com
스마트스토어	smartstore.naver.com/teuim9
인스타그램	instagram.com/teuim9

©2024.김호준 All rights reserved.

ISBN 979-11-973655-2-2

* 책값은 뒤표지에 표시되어 있습니다. 잘못된 책은 바꿔드립니다.
* 이 책의 전부 또는 일부 내용을 재사용하려면 저작권자와 도서출판 트임9의 사전 동의를 받아야 합니다.
* 이 책은 2024년 양산시 지역문화진흥기금의 지원을 받아 발간하였습니다.